平成怪談実録
黒本

福澤徹三

竹書房文庫

まえがき

あちこちで述べていることだが、いわゆる超自然的な事象について、私は中立的な立場をとっている。したがって、たとえば幽霊の有無について問われても、あるともいわなければ、ないともいわない。

そもそも、この世のものではないから幽霊なのであって、有無を論じるのは、はなから不毛である。しかし不可知な領域であっても、みな自分の物差しをもって臨むので、往々にして埒《らち》があかない。とはいえ、昨今のような世相にあっては、そういうものを信じたい気持も強い。

老いも若きも拝金主義で、金銭の多寡《たか》で人間の価値をはかる時代である。かと思えば病的なほど健康に執着し、美容と延命に狂奔する。すべてを経済的かつ健康的に塗り固めていけば、真の幸福が得られるかのごとき錯覚に陥っている。

しかし、いくら預金残高があろうと、フェイスリフトで肉を吊りあげようと、死は情け容赦なくやってくる。

むろんその先は、ひと知れぬ闇である。

健康だの健全だのと正論を振りまわして、うわべの明るさを得るのはたやすい。

事実、ひとも街も日々美しく清潔になっていく。草むらの洟《はな》たれ小僧は消えて、ブランドファッションの子どもがパソコンを操る。近所の呑んだくれや口うるさい老人も消えて、防犯カメラがまわる路上では、中高年がジョギングをしている。けれども表面だけ明るくなって、人心が闇に覆われては意味をなさない。

偽りの明るさのなかでは、怪異はむしろ一条の光である。

この世ならぬものに思いを馳せることで、ほんのひととき、息苦しい日常から逃れたいと願うのは、私だけではなかろう。

事の真相はべつにして、怪異に遭遇したひとは確実に存在する。それも特殊な能力を持った人物などではなく、ごくふつうの生活を営んでいる市井《しせい》のひとびとが、そういう体験をしているのである。

しかし多くの場合、それを口外しても、なんら得るところがない。

妙な誤解を招くのがせいぜいだから、日頃はみな黙っている。たまたま怪談を集めているという奇特な男がせがむので、やむなく口を開いたにすぎない。

実際に取材をするなかで、古い旅館で怪しい人影を見たとか、身内の誰かが亡くなったときに虫の知らせがあったとか、悪くいえば凡庸な体験談は枚挙にいとまがない。そうした話を羅列するだけで足るなら、たちまち何冊も本ができる。

けれども幽霊より、生身の人間が怖いという時代に、それでは需要がない。ついては、なるべく目先の変わったものを選ばざるを得ないし、話によっては、いくぶん筆も加える必要もでてくる。

しかしそれは書く側の都合で、殺伐とした現代に、そうした体験を持つひとが大勢いることは、怪談を愛する者として誠に喜ばしい。

読者の皆様にも、ひとときの怪異を堪能いただければ幸いである。

目次

開かずの戸

主婦のFさんの話である。

Fさんの父方の実家は代々続く造り酒屋だった。

造り酒屋といえばたいていその地域の素封家だが、彼女の実家もご多分に漏れず大きな日本家屋で、たくさんの部屋があった。

実家には両親と祖父母、Fさんと三つ年下の妹が暮らしていた。酒蔵には職人も住みこんでいたから、かなりの大所帯である。

Fさんが幼い頃は両親や祖父母の眼が届くよう、台所やその隣の小部屋で遊んだり昼寝をしたりしていたが、小学生になると、

「ここにおったら邪魔やから、奥の部屋で遊びなさい」

祖母や母からそういわれた。

奥の部屋とは、二十畳もある仏間だった。

仏間の正面には天井に届くほど巨大な仏壇があり、子どもの頭くらいの提灯が飾られている。鴨居《かもい》には額に入った先祖たちのモノクロ写真がずらりとならび、ぼやけた表情でこちらを見おろしている。

妹と遊ぶには申しぶんのない広さだが、子ども心にも古めかしい雰囲気が恐ろしく仏間に出入りするのは厭だった。

祖母は朝晩、仏壇にお供えものをしては経をあげる。Ｆさんと妹もその後ろで膝をそろえて手をあわせるのが習慣だった。

「仏間はすごく静かで怖いんですけど、もうひとつ怖いのが――」

仏壇の横に高さが一メートルほどの戸があった。

古びて重厚な一枚板で引戸のようだが、なぜか引手はついておらず指をかけるところがない。押したりひいたり開けようとしてもびくともしないから、壁に貼ってあるだけなのかと思った。

ところがある日、妹と仏間でままごとをしていると、

ひそひそひそひそ。ひそひそひそひそ。

戸のむこうから、誰かがささやきあっているような声がする。

「この声、なんやろう」

Fさんはそういったが、妹は幼いせいか怖がりもせず興味も示さない。

その夜、祖母が仏壇を拝んだあとで、あの声のことを口にして、

「戸のむこうに誰かおるん？」

「なんもおるはずがない。この板は壁が汚れたのを隠しとるだけじゃ」

祖母はいつになくきびしい表情でいった。


Fさんはそれ以来、仏間がますます怖くなった。あの戸のことを父に訊いたが、首をかしげるだけだった。母は実家へ嫁にきたから、なにも知らない。

時が経つにつれ、あれは錯覚だったのだと思うことにした。

中学生になると自分の部屋も与えられ、仏間にはあまり入らなくなった。祖母にうながされて仏壇に手をあわせるくらいで、ふだんはあの戸のことも忘れていた。

その日は学校が休みで妹は遊びにでかけ、祖母は買物にいって留守だった。

夕方、母は台所で夕飯の支度をしていた。Fさんが台所に入ると、母は仏壇に供え

てある果物をさげてきてといった。

「はあい」

Ｆさんは気軽に答えて仏間に入った。とたんに耳をふさがれたように音が聞こえなくなった。仏間はもともと静かだが、なにか様子がちがう。

不思議に思いながら仏壇の果物に手を伸ばしたら、あの戸が細く開いているのに気がついた。戸の隙間の奥は暗くて見えない。けれども、たしかに空間がある。

「え、やっぱり部屋があったの――」

胸のなかでそうつぶやいた瞬間、戸の隙間から真っ白いものが這いでてきた。驚いて眼を凝らすと、それは三歳くらいの子どもだった。

あまりのことに絶句していると、その子どもは宙ににじむようにして消えた。と思ったら、また戸の隙間からおなじような真っ白い子どもがでてきた。その子もまた宙ににじむようにして消える。それが何度も繰りかえされる。

Ｆさんは呆然と立ちつくしていたが、ふとわれにかえって仏間を飛びだした。台所に駆けこんで母にいま見たものを話したが、まったく信じてくれない。

「でも、ほんとに見たの。戸の隙間から真っ白い子どもがでてくるのを――」

懸命に語っていると、祖母が帰ってきた。

祖母は話を聞くなり、Ｆさんの腕をつかんで仏間に連れていった。

あの戸はなにごともなかったように閉まっている。

祖母は掌でばんばん戸を叩くと、

「ここは開かないの。寝ぼけたこというてたら、お嫁にいけんくなるよ」

強い口調でいった。Ｆさんは誰にも信じてもらえないのが悲しくて、泣きだしたのをおぼえている。


それから数年後、祖母は病で急死して、祖父もあとを追うように亡くなった。

造り酒屋は父が継いだが、しだいに商売は傾いて職人も辞め、Ｆさんが大学生になった頃には店を畳んでいた。

Ｆさんは大学に入るとともに上京し、卒業後も東京で暮らしていた。やがて結婚を考える恋人ができ、両親に紹介することになった。

その日、Ｆさんは恋人のＡさんを連れて、ひさしぶりで実家に帰った。

両親はＡさんを気に入って縁談はなごやかに進んだ。Ｆさんは安堵したが、両親の手前、Aさんとおなじ部屋で寝るのは気まずい。当時は広い仏間を客間がわりに使っていたから、そこにAさんの布団を敷いた。

「ここって、なんか怖いよ」

Aさんは巨大な仏壇や先祖の写真を見て肩をすくめたが、しぶしぶ床に就いた。

翌朝、Fさんは朝食の支度をしてから、Aさんを起こしに仏間へいった。

Aさんはもう眼を覚ましていたが、布団のなかで顔をこわばらせている。ただならぬ気配に、どうしたのかと訊いたら、

「ご両親にはいわないで欲しいんだけど――」

Aさんはそう前置きして語りはじめた。


ゆうべはぐっすり寝ていたが、ふと異様な気配に眼が覚めた。目蓋を開けると常夜灯の明かりのなかを、白い靄《もや》のようなものがいくつも漂っている。驚いて布団に半身を起こしたら、白い靄は三歳くらいの子どもだった。

Aさんは恐怖で身をかがめ、布団のへりを握り締めた。白い靄のような子どもは何十人もいて、顔や躯《からだ》のそばをすり抜けていく。

子どもたちはふわふわと部屋を漂いながら、渦を巻くようにして一か所に群がっている。それは仏壇の横にある——あの戸だった。どうやら子どもたちは戸のむこうへいこうとしているが、通り抜けられないらしい。

「それが朝まで続いたんだよ」

Aさんは疲れた表情でいった。

朝の光で障子が明るくなると、いつのまにか子どもたちは消えていたという。

Fさんは中学生のときに見たものは幻覚ではないと確信した。

「あれは、いったいなんなの」

Aさんは眉をひそめて、あの戸を指さした。Fさんは思いきって両手で戸に触れてみた。幼い頃はびくともしなかったのに、それはするりと開いた。

けれども戸が開いたところに隙間はなく、壁があるだけだった。

後日、Fさんはあの戸のことを父に問いただした。

父はしばらく渋っていたが、やがて重い口を開いて、

「あれは、通り道だって聞いてる」

父は幼い頃から両親にそう聞かされていたという。もっとも、なんの通り道かは教えてくれない。ただ戸に触ってはいけないといわれていた。

けれども両親が逝ったあと、親戚たちと財産分与の話をしていたとき、あの戸のことが話題にのぼった。

「あそこに隠し部屋があって、金銀財宝でも入ってるんやないか」

誰かがそういいだして、あの戸を工具でこじ開けてみた。祖父母は通り道だといっていたのに戸のむこうには壁しかなかった。

恋人のAさんが泊まった翌朝、あの戸がすんなり開いたのは父たちがこじ開けたせいだとわかった。Aさんによれば、白い子どもたちは戸のむこうへ帰りたがっていたように見えたが、それができなくなったのも戸をこじ開けたのが原因ではないか。

「おれはそういうのは信じてないけど――」

父の両親――Fさんにとっての祖父母は、過去になんらかの禁忌をおかしたらしい。その禁忌がなんだったのか、あの戸がなんのために作られたのかはわからない。

「ただ父たちが通り道を壊したせいで、あの白い子どもたちは仏間に残ったままじゃないかと思うんです」

Ｆさんは毎年、いまは夫となったＡさんと正月に実家へ帰る。

ふたりとも仏間ではぜったい寝ないが、仏壇には手をあわせる。そのとき、あの戸に眼をやると、いつの頃からか子どもの爪痕のような傷ができている。

「それが毎年増えていくのが気になってるんです」

Ｆさんは不安げな面持ちでそういった。

握りこぶし

主婦のNさんの話である。

Nさんが小学校三年の頃、母は近所の地主の家で家事手伝いをしていた。

その家には同い年のSちゃんという女の子がいた。Nさんとおなじ小学校だが、Sちゃんは病弱でいつも学校を休んでいた。

そのせいで友だちがおらず、Sちゃんの母親は、

「Sは遊び相手がいないから、娘さんを連れてきてね」

Nさんの母にいつもそう頼んでいたという。

はじめてその家にいったとき、広大な屋敷や庭に気後れしたが、Sちゃんとはすぐなかよくなった。敷地には離れや土蔵まであるから、遊ぶ場所には不自由しない。

ある日、ふたりで庭で遊んでいたら、

「ねえ、あたしの秘密を見たい？」

とSちゃんがいった。Nさんがうなずくと土蔵の裏に連れていかれた。庭の手入れが行き届いているのにくらべ、土蔵の裏は薄暗くじめじめしている。

「これよ」

Sちゃんが指さした場所には、小型のテレビくらいの古い木箱が置かれていた。

「みんなには内緒だからね」

Sちゃんはそう釘を刺してから、慎重な手つきで木箱を持ちあげた。

木箱のなかにあったのは神社のような鳥居と社だった。鳥居も社も、もとは朱色に塗られていたようだが、すっかり色あせている。

Sちゃんは地面にしゃがむと社の扉を開けて、

「ほら、これ見て」

笑顔で手招きした。Nさんもしゃがみこんで扉のなかを覗いた。そこには肌色をした丸いものがあった。大きさと形からして巻貝のように見える。

Nさんは左手を伸ばすと、それをつかんで眼の前に持っていった。

それは巻貝ではなく——ちいさな握りこぶしだった。

わけのわからない恐怖に背筋がぞくりとした瞬間、

「いやーッ。持っちゃだめーッ」

Sちゃんが絶叫した。

Nさんは驚いた弾みに、握りこぶしを地面に落とした。Sちゃんは急いでそれを拾いあげると、鬼のような形相でこっちをにらみつけた。吊りあがった眼と歯を剥きだした口は子どもとは思えない。

Nさんは怖くてたまらず、そのままわが家へ逃げ帰った。


その夜、左手が痛みだしたと思ったら、急に腫れあがった。

Nさんは激痛にのたうちまわり、母はあわてて病院に連れていった。しかし検査をしても原因はわからず、大事をとって入院することになった。

病名のわからぬまま何日かして痛みと腫れは治まり退院したが、もうSちゃんの家にいくのは厭だった。あの社や握りこぶしのことは母に話していない。にもかかわらずSちゃんの家にいかなくなっても、母は理由を聞かなかった。

それからまもなく母は家事手伝いを辞めたので、Sちゃんのその後はわからない。

むろん、あの握りこぶしがなんだったのかもわからないが、

「豆粒みたいな爪も生えてたし、やわらかくて体温があったんです。あれは、まちがいなく人間の握りこぶしでした」

Nさんは、いまでもそう信じているという。

孤独死

ホームヘルパーのYさんという女性の話である。

Yさんの仕事は、高齢者を対象にした訪問介護で、家事の援助をはじめ、食事や排泄、入浴などの世話をする。

訪問先には独居老人も多く、いわゆる孤独死に遭遇することも珍しくない。

最近も二件、老人の孤独死があった。

一件目は、Yさんの同僚が担当していた、ひとり暮らしの老婆だった。

ヘルパーが家を訪れたが、チャイムを鳴らしても、声をかけても応答がない。屋内の様子を窺《うかが》うと異臭がするので、すぐに警察を呼んだ。

やがて到着した警察官は、窓を壊して家のなかに入った。

ヘルパーもあとをついていったが、

「見たらいかんッ」

浴室を覗いた警察官が青い顔でひきかえしてきた。

老婆は入浴中に死亡したらしく、風呂に入ったまま亡くなっていた。死後一週間が経過しており、浴槽のなかは壮絶な状態になっていたという。

もう一件の孤独死は、Yさんが担当していたIさんという女性である。

Iさんは高齢だが身寄りがなく、生活保護を受けていた。孤独な暮らしにもかかわらず、おおらかで気さくな性格だったという。

その朝、ヘルパーのYさんはIさんの家の前で、ケアマネジャーの女性と待ちあわせをしていた。当日は半年に一回の担当者会議で、Iさんをまじえて三人でサービスについての話しあいをする予定だった。

約束の時間にケアマネジャーがくると、Yさんは郵便受けから鍵をだして、玄関のドアを開けた。Iさんは足が不自由で、玄関まででてくるのに時間がかかる。そのためにIさん宅を訪れると、合鍵でなかに入るのが習慣だった。

Yさんとケアマネジャーは玄関先で声をかけてから、家のなかへ入った。しかしI

さんから返事はなく、なんともいえない悪臭があたりに充満している。

ひとまず換気をしようと台所の窓を開けたとき、家の奥からケアマネジャーの叫び声がした。

あわてて駆けつけると、寝室のベッドにIさんが横たわっている。

その顔色が尋常でない。Yさんは救急車を呼ぼうとしたが、看護師でもあるケアマネジャーはそれを制して、Iさんの脈と心音を確認した。まもなく彼女は首を横に振って、警察へ連絡するようにといった。

やがて警察官と医師が到着して、検視がはじまった。特に不審な点はなかったようで、検視はすぐに終わった。

医師によれば、亡くなったのは二日ほど前で、死因は心不全ということだった。

Iさんは、もともと心臓の持病があったので、その発作によるものと思われた。

警察官がひきあげたあと、区役所の保護課の職員と、遺体の処理を専門にしているらしい業者がやってきた。

Iさんのように身寄りのない人物が亡くなった場合、後始末はすべて区がおこなう。

かつては遺体の引きとり手がないと大学の検体にまわされることもあったが、現在はきちんと火葬されるという。

部屋の片づけがはじまると、Yさんとケアマネジャーもいきがかり上、作業を手伝うことになった。けれども、これが想像以上に大変だった。

Iさんは電気毛布をかけた状態で亡くなっていたのだが、そこに沁みこんだ尿が加熱されて、すさまじい臭気を放っている。死後二日程度では、屍臭《ししゅう》はそれほど強いものではない。家に入ったときに感じた悪臭は、尿が原因だった。

電気毛布やベッドを片づけるのもひと苦労だったが、年寄りのひとり暮らしとあって、こまごました荷物やごみの数も多い。

Yさんたちは汗と埃《ほこり》にまみれて、作業を続けた。

家財道具をようやく屋外に運び終えた頃、ケアマネジャーが箪笥《たんす》の引出しに一冊のノートがあるのに気がついた。

ノートを開いてみると、それはIさんの日記帳だった。プライベートなものだけに勝手に読むのは憚《はばか》られたが、ただ捨ててしまうのもためらわれた。

ケアマネジャーはYさんを呼んで、一緒にノートをめくった。

ノートには日付とともに毎日のささいな出来事が記されていたが、途中である共通点に気づいた。

「きょうもみんなが親切でした。神様、仏様ありがとう」

ほとんどの日の文末に、そう書かれている。

Iさんの人柄を偲《しの》んで、Yさんとケアマネジャーはうなずきあった。

さらにノートをめくっていくと、最後の日付は三日前、つまり亡くなる前日のものだった。その日も体調に変化はなかったようで、ふだんと変わらぬ、淡々とした日常が記されていた。

けれども、その日に限って、文末が微妙に異なっていた。

「きょう、とうちゃんがきてくれた。神様、仏様ありがとう」

とうちゃんとはIさんの夫と思えるが、ずっと以前に他界している。

いったいどういう意味だろう。

ケアマネジャーと顔を見あわせた瞬間、

「あッ」

とYさんは叫んだ。

けさIさんの寝室に入ったとき、仏壇から線香の煙があがっていた。そのことを思いだしたのである。

怪訝《けげん》な顔のケアマネジャーにわけをいうと、彼女も顔色を変えた。

ケアマネジャーも線香の煙をはっきりと見ていた。そのときは、ふたりとも気にとめる余裕などなかったが、いま考えれば、いったい誰が線香を灯《とも》したのか。

玄関先に置かれた仏壇を見ると、線香はすでに灰になっている。

Yさんとケアマネジャーは、その前で両手をあわせたという。

ちなみに線香の煙には、屍臭を消す効果があると聞く。

顔

美容師のHさんの話である。

彼女が幼稚園の頃、母方の祖父が老衰で亡くなった。祖父は一代限りだったが事業に成功した人物で、葬儀は盛大だった。ところがその葬儀のさなかに、父方の祖父がやはり老衰に近い状況で亡くなった。

ほとんど同時期に身内が亡くなったとあって、一家は悲嘆にくれるひまもないほど忙しくなった。もっとも父方の祖父は、会社を定年になるまでは、ごく一般的なサラリーマンだったから、葬儀も身内が集まる程度の簡素なものだった。

ふたつの葬儀を終えて、ひと息ついた頃、慰労の意味をこめて、自宅で食事会を催すことになった。しかし父方と母方の親族を一度に呼ぶわけにもいかず、自然と人数の多い母方が中心の会になった。

当日は、母方の親戚を中心に何十人もの客でにぎわった。

食事会が終わったあと、身内が座敷に集まって写真を撮った。

母方の祖父の遺影をまんなかにして、家族や親戚がずらりとならんで、写真におさまった。


数日後、現像されてきた写真には、異様なものが写っていた。

親戚たちがならんだ壁の上に、父方の祖父の顔が大きく浮かびあがっている。

それを見た家族は一様に青ざめた。

「おじいちゃんも、みんなと一緒に写りたかったんや」

誰からともなく、そんな声がでた。

家族は、食事会で母方ばかり優先したことを後悔した。

「祖父の葬儀のあいだ、父はいっさい涙を見せなかったらしいんですが、その写真を見て泣いたそうです」

とHさんはいった。

後日、あらためて父方の祖父のための食事会が催された。会の最後に、恐る恐る身内で写真を撮ったが、今度はなんの異変もなかった。
その後、問題の写真は寺で供養をしてもらったという。

手押し車の老婆

Hさんは中学二年生のとき、山の中腹にある家へ引越した。

特になにかのいわくがあるような家ではなかったが、住みはじめた頃から、なんとなく怖い印象があった。そのせいかどうか、夜は祖母と姉にはさまれて、川の字で寝るのが常だった。

ある夜、Hさんは寝苦しさに眼を覚ました。

部屋の空気がいつもとちがって、重く湿っている。

そのうち枕のむこうに、なにかがいるような気配がした。

Hさんが寝ている布団《ふとん》のうしろには、仏壇があって、祖父の遺影が飾られている。

そちらを見るのは怖いが、なにかがいるように思えて仕方がない。

思いきって枕から頭をあげようとしたとき、軀《からだ》が動かないのに気づいた。

それがはじめての金縛りだったが、そのときはなにが起きているのかわからない。

祖母か姉に助けを求めようと、Hさんは悲鳴をあげた。

だが喉《のど》がつかえて声にならない。

身動きできない苦しさで、力めば力むほど汗が噴きだした。

そうしているあいだにも、暗闇からなにかがあらわれそうで心臓がどきどきする。怖いものを見ないよう、Hさんは固く眼をつぶった。

どのくらい経ったのか、不意に重しがはずれたように軀が軽くなった。ためしに指に力をいれると、思ったとおりに動く。

ほっと安堵の息を吐いて、目蓋《まぶた》を開けた瞬間、全身の毛が逆立った。

見知らぬ老婆が枕元に坐《すわ》って、Hさんの顔を覗きこんでいる。

老婆は着物姿で、昔ふうに髪を結っている。あたりが暗いのと皺《しわ》深い顔のせいで、表情はわからない。ただ熱心にこちらを見つめている。

その老婆と眼があった。そう思ったとたん、意識が途切れた。

気がつくと朝になっていた。

Hさんは食卓で、昨夜の出来事を語ったが、家族は夢だろうと相手にしない。

しかしその夜を境にして、毎晩のごとく金縛りに遭う。また先日のようなことがあったらと思うと気が気でないが、老婆はあれきり姿を見せない。

かわりに妙なものを見た。

その夜は金縛りにこそ遭わなかったものの、なかなか寝つけなかった。何度も寝返りを打っていると、なぜか箪笥の上にある時計の音が気になりはじめた。

かちかちかち、という時計の響きが、いつもとちがう。

怪訝《けげん》に思いながら、耳をすました。

すると時計の音が念仏のように聞こえてきた。

何人もの僧侶が低い声で読経をしている。そんな印象が浮かんだ。

厭《いや》だなと思っていたら、しだいにそれが蛙《かえる》の鳴き声に変わった。それも一匹や二匹ではなく、何十何百という蛙の声である。

げえげえげえ、と不気味な声に跳ね起きた。

部屋のなかを見まわしたが、当然のように蛙などいない。気のせいかと、ふたたび布団に横たわった瞬間、絶句した。

天井の蛍光灯から、背広姿の中年男が逆さにぶらさがっている。

男はぶらぶらと揺れながら、Hさんに手を伸ばしてきた。

うわッ、と悲鳴をあげると、祖母と姉が飛び起きた。

そのときには、もう男は消えていた。


家族は、今回も真剣にとりあってくれなかった。

けれども仏壇が気になって妙な体験をするのかもしれないと、二階を整理してHさんの部屋を作ってくれた。

ひとりで寝るのは不安だったが、自分の部屋が欲しい年頃でもある。Hさんは喜んで、二階に移ることを承諾した。

それからまもない夜のことである。

Hさんは布団のなかで目蓋を閉じて、眠気がくるのを待っていた。

すこし前から窓ガラスが、がたがたと鳴っている。はじめは風が強いなと思っていたが、音はしだいに烈《はげ》しくなる。

ばんばんッ、とひときわ大きな音が響いたとき、Hさんは、はっとした。

誰かが、てのひらで窓を叩いている。

そう思ったとたん、金縛りに遭っていた。

二階でもだめなのか、と落胆したが、目蓋は固く閉じていた。

下手に眼を開けて、変なものを見るのは厭だった。

しかし予想に反して、金縛りはすぐに解けた。

窓を叩く音も調子をあわせたように、ぴたりとやんだ。

Hさんは安堵して、ふたたび眠ることに意識を集中した。

ところが、ふと気づくと、また軀が動かない。

ひと晩に二度も金縛りに遭うのは、はじめてである。さすがにうんざりしていると、階段のほうから奇妙な音がした。

「ぴょーん、ぴょーん」

と、なにかが跳ねるような音だった。

それが、じわじわと階段をあがってくる。いい知れぬ不安に背筋が冷たくなった。

部屋のドアは完全に閉めると怖いので、いつも半開きにしてある。早くドアを閉めないと、あの音の主が入ってくる。

必死で身をよじったが、金縛りは解けない。

「ぴょーん、ぴょーん」

あいかわらず間延びした音が、とうとうドアのそばまで迫った。

と思うまもなく、がさり、となにかが畳の上に着地したような音がした。

だが怖くて、眼が開けられない。

「早くどこかへいって」

懸命に念じていると、突然、胸が押し潰されるように重くなった。

あまりの苦しさに、思わず目蓋が開いた。

おずおずと胸の上を見た瞬間、息を呑んだ。

そこにいたのは、異様な顔の男だった。

うさぎのように尖った耳に、深海魚のようにぎょろりとした眼、耳まで裂けそうなほど大きな口。なかでも不気味なのが鼻だった。

「ピエロそっくりで、まるくて真っ赤なんです」

男は三日月のような口を開けて嗤《わら》うと、Hさんの胸をぎゅうぎゅうと押しはじめた。

恐怖と苦しさに眼をつぶろうとしたが、今度は目蓋が動かない。

Hさんは眼を見開いたまま、声にならない悲鳴をあげ続けた。

やがて息がつまって呼吸ができなくなった。

「——殺される」

そう思ったとき、不意に金縛りが解けた。


そんな体験をしてから、Hさんは不眠症になった。

さすがに家族も心配して、彼女を病院に連れていったが、金縛りを防ぐ効果的な手段はなかった。

困った両親は、土地にゆかりのある古い神社へ相談にいった。

宮司《ぐうじ》は、Hさん宅の間取りを聞いて顔をしかめた。

家相が、まれにみるほどの大凶だという。

しかも家が建っている山に墓地があるだろう、と訊く。

そのとおりなので両親が驚いていると、

「この家は、通り道になっとる」

と宮司は告げた。通り道とは、この世ならぬものの通り道である。

しかし深刻な言葉のわりには、転居をうながすでもなく、

「敏感な者は金縛りに遭《お》うたりするが、ふつうのひとは平気やろう」

と呑気なことをいう。

そのせいで両親もすぐには引越す必要を感じなかったらしく、Hさんはいまの住まいで我慢するしかなかった。

もっとも、あまりに金縛りが頻繁なので、いくぶん慣れもでてきて、前ほどは苦しまずにすむようになった。また神社へいってからは、さしたる怪異には見舞われなかったので、どうにかふつうの生活をすることができた。

ふたたび怪異が起きたのは、その家に越してから二年がすぎた頃だった。

Hさんは、高校一年生になっていた。

夏休みのある夜、彼女は七、八人の友人たちから肝試しに誘われた。場所は、心霊スポットとして名高い墓地である。

ただでさえ敏感な体質なのに、そんなところへいったら、ろくな目に遭わない。

はじめは断ったが、友人たちは執拗に誘う。ついに根負けして、車に乗った。

車は二台で、年上の友人が運転した。

目的の墓地は、ひと気のない山の斜面にあった。

道路をはさんで、上にも下にも墓石の群れが続いている。

路肩に停めた車からおりて、一行は肝試しの方法を話しあった。

人数が多いと怖くないと誰かがいって、ふた手に別れることになった。一方は道路から上へ、もう一方は道路から下へいこうという。そこでグループを決めるために、じゃんけんをした。Hさんは、下のグループになった。

道路の下へはガードレールをまたいでいくのだが、そこに手をかけると、妙な感触があった。

ねばねばと湿ったものが、ガードレールにぶらさがっている。

なにかと思って拾いあげたとたん、周囲が悲鳴をあげた。

それは、首輪ほどもありそうな大きな数珠《じゅず》だった。

明るいところで見ると、数珠の珠《たま》のひとつひとつに、お経のような文字がびっしり記されている。しかも数珠全体に、粘り気のある液体がへばりついていた。

「なにかはわかりません。透明でゼリーみたいな感じでした」

これは、警告ではないのか。この先へいくな、と誰かがいっている。

唐突にそんな気がした。

「ガードレールにお数珠がぶらさがってるのも変ですけど、なんで、そんなものを触ってしまうんだろうと思いました」

ガードレールは、道路に沿って延々と続いているが、ほかの場所にはなにも怪しいものはない。偶然といえば偶然だが、わざわざ数珠のある場所に触れるのは相当に低い確率である。

Hさんはもちろん友人たちもおびえて、肝試しは中止になった。


家へ帰ると、なぜか玄関先に父が立っていた。

Hさんは行き先を告げていないにもかかわらず、

「おまえ、墓場へいったやろう」

と怖い顔でいう。

「なんでわかったたん」

驚いて訊いたが、父はわけをいうでもなく、黙って塩をまいた。

ふだんの父はそうしたことに関心を示さない。

まして娘の行き先をあてたり、自分で塩をまくなど、かつてない行動である。

「また、なにかあるのでは――」

不安に思っていると、まもなくHさんの母がクモ膜下出血で倒れた。

発見が早かったせいで幸い命に別状はなく、後遺症も残らなかった。けれども病の徴候はなかったし、不摂生をしていたわけでもない。

神社の宮司がいったとおり、やはりこの家に問題があるのかもしれない。家族もそう思ったようで、やがて引越しの話がまとまった。

これで長年の金縛りから解放される。Hさんは、ほっと胸を撫でおろした。


新しい家に移って、二、三日はなにもなかった。

ところが引越しから一週間と経たぬうちに、また怪異が起きた。

スーパーで買物をしようと商品を見ていたら、背中に強い視線を感じた。

振りかえると、すぐうしろに着物姿の老婆がいた。古ぼけた手押し車にすがるようにして、こちらを見ている。その顔に、どことなく見覚えがある。

誰だろう。

首をひねっていると、不意に思いだした。

その老婆は、はじめて金縛りに遭ったとき、枕元にいた人物だった。

怖くなって、足早にその場を離れた。

べつの売場まできて、やっとひと息ついたが、ふと横を見て、ぎょっとした。

いつのまにか、あの老婆がいる。

Hさんは買物を切りあげて、レジにいった。

しかしあたりを窺《うかが》うと、ちゃんと老婆もレジにならんでいる。

Hさんは精算をすませると同時に、スーパーを飛びだした。

息を切らして走っていくと、たどりついたのは、どういうわけか前に住んでいた家だった。しかし、そんなことにかまう余裕はなかった。

老婆は手押し車を押しながら、あとを追ってくる。

ゆっくりした足どりなのに、なぜついてこれるのかわからない。

玄関に駆けこんでドアを閉めた瞬間、ばあんッ、と大きな音がした。

なんの音かとドアスコープを覗いたとたん、眼を見張った。

家の前の道路に、老婆が倒れている。

横に車が停まっているから、どうやら轢かれたらしい。

まもなく車のドアが開いて、運転手らしい男がおりてきた。見てはいけないものを見てしまった気がして、ドアスコープから眼を離した。

警察に連絡するべきか迷っていると、チャイムが鳴った。

「事故を起こしたので、電話を貸してください」

とドア越しに男の声がした。

ドアスコープを覗くと、さっき車からおりてきた男である。電話を貸したほうがいいと思いつつも、素性のわからぬ男だけに恐ろしい。

ドアを開けるのをためらっていると、またチャイムが鳴った。

いくら怖いとはいっても、事故を見逃すわけにもいかない。

Hさんは恐怖をこらえて、ドアを開けた。

そこに立っていたのは、事故に遭ったはずの老婆だった。

あわててドアを閉めた瞬間、がちゃがちゃとノブがまわった。

思わず悲鳴をあげて、飛び起きた。

カーテンの隙間から朝の光が射しこんでいる。

そこでようやく夢だとわかったが、不安は去らなかった。

ただの夢にしては、鮮明すぎる気がした。老婆の顔はもちろん、スーパーの店内や老婆を轢いた男の顔も、はっきりと思いだせる。

だが朝食のときも、夢のことには触れなかった。新居に越したばかりの家族を心配させたくなかった。

やがて学校へいく時間になって、玄関をでたとき、

「うわッ」

とHさんは叫んだ。

夢で見た老婆が、家の前にいた。

老婆はこちらに気づかぬ様子で、手押し車に両手を添えて、べつの方向を見ている。

しかしどこから見ても、あの老婆にちがいない。

Hさんは家のなかへ転がりこんで、

「変なおばあちゃんがいる」

母の袖をひいて外を見ると、すでに老婆の姿はなかった。

ただ幻覚ではなかった証拠に、手押し車が路上に置かれていた。

怖いのと遅刻寸前なのとで、母に車で学校へ送ってもらった。

あとで訊いたところでは、母が家へ帰ってくると、手押し車は消えていたという。


老婆を見たのを最後に、怪しいことは起きなくなった。

金縛りにはときどき遭っていたが、しだいに頻度が減って、高校三年生のときには完全に消えた。

高校を卒業後、Hさんは美容師をめざして専門学校に入った。

ある日の昼休み、同級生たちと雑談をしていると、誰がいいだすともなく怖い話になった。以前なら尻込みしかねないが、Hさんのなかでは、怪異はすでに過去のものになっている。

「そういえば、こんなことがあったの」

と不思議な老婆のことを口にした。

同級生たちは大いに怖がって、Hさんは面目をほどこした。

昼休みが終わり、午後の授業がはじまった。

講議を聞いているうちに、急に目蓋が重くなった。

なんとか起きていなければと思うが、猛烈な眠気で我慢できない。

Hさんは周囲に気づかれぬよう机にうつぶせて、うたたねをした。

どのくらい経ったのか、ふとHさんは眼を覚ました。

居眠りがばれなかったかと恐る恐る顔をあげたとき、妙な人物がいるのに気づいた。

ひとつ席をはさんだ同級生の背後に、白髪頭の温厚そうな老人が立っている。

保護者がくるような予定はなかったが、いったい誰だろう。

Hさんは、寝起きのぼんやりした頭で考えた。近所の老人がまぎれこんだのかとも思ったが、それなら教師が注意をするはずである。

同級生は、背後の老人に気づかぬ様子で、熱心にノートをとっている。

Hさんは首をかしげて、あたりを見まわした。

すると教室のあちこちに、何人も老人がいた。

男もいれば女もいるが、いずれも同級生たちの背後に、ぼんやり佇《たたず》んでいる。

「でもクラス全員じゃないんです。三、四人おきに、ぽつりぽつりって感じで」

わけがわからぬまま老人たちを眺めていると、不意にある考えが浮かんだ。

「もしかして、あたしのうしろにもいるんだろうか」

そう思うと、いて欲しいような、そうでないような複雑な気分になった。

Hさんは、ゆっくりと背後を振りかえった。

あの手押し車の老婆が、うしろに立っていた。

とたんに、びくッ、と軀が震えた。

飛び起きたはずみで、ノートや鉛筆が机から転げ落ちた。

「どうしたのッ」

同級生たちが腰を浮かせたが、すぐに寝ぼけていたとわかって、冷やかされた。

放課後、夢で見た老婆のことをいうと、昼休みに怖い話をしたせいだろうと同級生たちは笑った。しかし、そのなかのひとりが、

「そのおばあさんってさあ、あんたを守ってるんじゃない」

ふと思いついたようにいった。

それまでは、ただ怖いと思っていただけで、そんな発想は浮かばなかった。

Hさんは家へ帰ると、押入れから中学生の頃の日記をひっぱりだした。

あの老婆をはじめて見たのは、中学二年生のときである。

当時の日記を見れば、なにかわかるかもしれないと思った。

予想どおり日記には、最初に老婆を見たときのことが綴られていた。だが特に参考になるような記述はなかった。

夕食のとき、昼間の体験を話したついでに、家族にその日記を見せた。

みな笑って読んでいたが、ふと祖母が首をかしげて席を立った。

座敷で仏壇を開けるような物音がしたと思うと、祖母が神妙な顔でもどってきた。

「これは、あたしのほんとうのおかあさんの命日よ」

と、Hさんが最初に老婆を見た日付を指さした。

祖母は幼い頃、養女にいった関係で、生みの親と育ての親がいる。

「うっかり忘れてたけど、ずっと墓参りもいってないね」

祖母はしんみりとつぶやいた。

むろん老婆があらわれた日付と命日が一致したからといって、その女性が祖母の生みの親、つまりHさんの曾祖母とは限らない。

けれどもHさんは、そう思うことに決めた。すると、それまで怖くて仕方がなかった老婆の顔が、急に親しみのあるものに感じられてきた。

「今度おばあさんがでてきても、絶対に怖がるまいって思うんです」

しかし、いまに至るまで、老婆はあらわれないという。

三周目

Hさんの父親のAさんが、若い頃の話である。

Aさんの実家の近くに、奇妙な言い伝えを持つ神社がある。その言い伝えとは、神社の本殿を三周まわった者は神隠しに遭うというものだった。

ある夜、Aさんは呑んだ帰りに、友人たちとその神社にいった。誰が本殿を三周まわれるかという度胸試しである。

五、六人いた友人たちは、酔った勢いで次々に挑戦した。

しかしAさんは一周まわっただけで、気分が悪くなって挫折した。ほかの友人たちも二周が最高で、三周目に挑む者はいなかった。

すると友人たちのなかで、いちばん酔っていた男が、自分がやるといいだした。

みな期待せずに見ていると、男は一周目をまわり、難なく二周目もまわった。

「さあ、ラスト一周や」

男は気勢をあげて、三周目にむかった。

ところが男は本殿のむこうへ姿を消したきり、いくら待ってももどってこない。

痺《しび》れを切らした友人たちは男を捜したが、どこにもいない。

本殿の周囲は柵で矩形《くけい》に囲まれているから、誰の眼にも触れずに外へでることは不可能である。といって迷信を信じられるはずもなく、どこかへ隠れていると考えるほかはない。

「冗談にしても長すぎるな」

みな愚痴をいいつつ、さらに待ったが、やはり男は姿を見せない。隠れているなら気の毒だが、度を越している部分もある。とりあえず家に帰ろうということになった。


Aさんたちは神社をでて、川沿いの道を歩いた。

しばらくして友人のひとりが、おい、と叫んで川岸を指さした。

見ると、川岸に突きでた土管から、なにかが這いだしてくる。

やがて大きな泥人形のようなものが、川のなかへ転げ落ちた。

あわてて駆け寄った瞬間、一同は息を呑んだ。

それは先刻、神社を三周まわろうとした男だった。

いったいなにがあったのかと訊くと、男は首を横に振って、三周目をまわっている途中から、まったく記憶がないといった。

男がでてきた土管が神社までつながっているかどうかはわからない。

水音

料理店に勤めるIさんの話である。

三十年ほど前、彼は当時人気のあったクラブでボーイをしていた。

住まいは、大きいが古ぼけた一軒家で、そこが会社の男子寮だった。寮には七、八人の従業員がいて、Iさんは寮長のような役割を務めていた。

その寮は、いわくつきの建物だった。

かつては芸者の置屋で繁盛したらしいが、あるとき、芸妓《げいぎ》のひとりが稽古が厳しいのを苦に自殺した。それが影響したのかどうか、まもなく置屋は潰れて、自殺した芸妓の幽霊がでると噂が立った。

以来、住む者もなく、長いあいだ放置されていたのを、Iさんの勤務先が寮として借りたのである。

Iさんはそうした噂に加えて、以前寮に住んでいた従業員から、着物姿の女を見たという話も聞いていた。しかし当時のIさんは、幽霊などまったく信じていなかった。

その夜、Iさんは店の仕事を終えて、明け方近い時刻に寮へ帰ってきた。ところが玄関には、誰の靴もない。ほかの従業員たちは先に店をでたのに、まだ帰っていない様子である。若い連中が多いから、どこかで酒でも呑んでいるのだろう。そう思って、部屋で布団を敷いていたとき、がらりと玄関の戸が開いた。ひたひたと廊下を歩く音がする。やっと誰かが帰ってきたと思っていると、風呂場で水道の蛇口をひねる音がした。ばしゃばしゃ、と浴槽の底で水が跳ねている。

昔のことだけに風呂場は共同で、廊下をはさんでIさんの部屋の前にある。したがって、厭でも水音が耳につく。

時計を見たら、もう朝の四時である。

「こんな時間に風呂を入れやがって」

とＩさんは舌打ちをした。

従業員のなかには酔っぱらって帰ってきて、風呂に水を張ったはいいが、水道を止めるのを忘れたり、湯を沸かしっぱなしで寝こんでしまう者もいる。

それが気になって、布団のなかで耳を澄ましていた。

ばしゃばしゃ、という音が、どぼどぼ、とこもった音に変わった。

そろそろ浴槽がいっぱいになる頃だが、あんのじょう誰も水を止めにこない。

溜息をついて風呂場を覗いたとたん、わが眼を疑った。

水道の蛇口からは、一滴の水も流れていない。

入れちがいで誰かが止めたのかと思ったが、浴槽のなかは空っぽである。

「そのときは、耳の錯覚だろうと思ったんですが——」

すこし経って、寮に住んでいたマネジャーが突然姿を消した。黙って辞めるような人物ではなかったが、行き先はまったくわからない。

マネジャーはＩさんとおなじく幽霊など信じないたちで、そんなものはいるはずがないと日頃から広言していた。

しかし彼の部屋には、誰のものともしれない仏壇が残されていた。

もとから幽霊の噂があるところに、マネジャーが失踪したとあって、従業員のあいだには不穏な空気が流れた。寮に住むのを厭がって、店を辞める者もでてきた。

ここは自分がしっかりしなければ、とIさんは豪胆にふるまった。

「べっぴんさんの幽霊なら、一杯呑みながら、悩みば聞いちゃろうと思うてですね」

地酒の一升瓶を買ってきて、部屋に置いたりした。


ある休日の夜、Iさんは部屋でテレビを観ていた。

従業員たちはみんな出払って、寮にはIさんひとりだった。

ふと玄関が開いて、誰かが帰ってきた。

廊下を歩く音に続いて、風呂場で水道の蛇口をひねる音がした。夜といっても、まだ早い時間だったから、風呂に入る者がいても神経を尖らす必要はなかった。

しばらくして、水が溜まったのか蛇口を止める音がした。だが、どれほども経たないうちに、ざばッ、と浴槽からあがる音がした。

もう湯が沸いたとは思えないし、水風呂に入るような季節ではない。

首をかしげていると、なおもざばざばと水音がする。

様子を見ようと腰をあげたとき、障子《しょうじ》を透かして人影が見えた。

誰かが廊下に坐っている。

そう思った瞬間、ぞっとした。

誰がいるのか確かめなければと思うが、怖くて声をかけられない。

そんな調子だから、障子を開けるどころではない。

Ｉさんは凍りついたように、その場から動けなかった。

どのくらいそうしていたのか、気がつくと人影は消えていた。

恐る恐る風呂場へいくと、思ったとおり浴槽のなかは空だった。

従業員たちも、誰ひとり帰っていない。

「――これはやばい」

さすがのＩさんも怖くなったが、うかつに口にすれば、ほかの連中に影響がでる。

ましてや寮を預かる立場の者が、引越すことなどできない。あくまで平静を装うしかなかった。

だが、その後も怪しい現象は続いた。Ｉさんのように、誰もいない風呂場で水音を聞いたとか、廊下で女の人影を見たという従業員もあらわれた。

ある日、Ｉさんは会社の幹部に呼びだされた。

「最近、寮はどうかね」

と、いきなり幹部が訊いた。

「どうって、なにがですか」

質問の主旨がわからずに訊きかえすと、うーん、と幹部は言葉を濁した。

「もしかして、例の噂のことですか」

そうなんや、と幹部は大きくうなずいて、

「それで、実際どうなの」

「まあ、噂どおりかもしれません」

幹部はしばらく黙っていたが、やがて低い声で、Ｉくん、といった。

「幽霊というのは、おるんかね」

「はっきり見たわけではないですが、気配としては――」

「きみまでそういうなら仕方がない。寮を替えよう」

幹部の決断のおかげで、Ｉさんたちは、まもなくべつの寮に引越した。

新しい寮では、むろんなんの怪異も起きなかったが、もとの寮がその後どうなったかはわからない。

樹上のひと

広島県でデザイン事務所を経営するSさんの話である。

彼は高校一年生の夏休みに、学校が主催するキャンプにいった。

場所は島根県のS山で、二泊三日の行程である。

初日はなにごともなくすぎて、二日目の夜になった。食事のあとキャンプファイアーで、それが終わると就寝時間になった。

あすは早朝から山歩きとあって、ほとんどの生徒はテントのなかで寝る準備に入っていた。しかしSさんは、なんとなく眠る気になれず、同級生のKさんを誘って散歩にでかけた。

風が強い夜だったが、空は晴れ渡って、星が鮮やかだった。

ふたりで他愛のない会話をしながら歩いていくと、いつのまにかキャンプ場を離れて、見覚えのない林道の前にきていた。

薄気味悪い雰囲気だったが、ふたりは興味を惹かれて、その道に入っていった。

歩きはじめてしばらくは、星明かりであたりの様子が見えたが、なおも先へ進むと、森が深くてなにも見えなくなった。

Sさんは持っていた懐中電灯をつけて、道を照らした。

そのうち丁字路にさしかかって、ふたりは足を止めた。左右にわかれた道の先は、どちらも深い闇である。

ときおり突風が吹いて、暗い森がざわざわと揺れる。

「そろそろ帰ろうや」

Kさんが幽《かす》かにおびえた声でいった。

Sさんも帰ろうかと思ったが、ふと茶目っ気をだした。

「――なあ、Kよ」

わざと低い声でいうと、Kさんは、ごくりと喉を鳴らして、

「どうしたん」

「あそこを照らして、女でもおったら怖かろうの」

「気持悪いこというなよ。あそこってどこや」

「ほら、あそこよッ」

Sさんは大声でいって、前方の木の上を懐中電灯で照らした。

とたんに心臓が縮みあがった。

ぼやけた光の輪のなかに、淡いピンク色の眼鏡《めがね》をかけた若い女が浮かんでいた。

髪はばさばさに乱れて、白いちょうちん袖のブラウスを着ている。女は、Sさんたちに気づかないのか、無表情にうつむいたまま、微動だにしない。

信じられない光景に呆然《ぼうぜん》としていると、

「ぐえッ」

Kさんが奇声をあげて、もときたほうへ駆けだした。

Sさんも、あわててあとを追った。

ふたりはテントへもどると、同級生たちを叩き起こして、いま見たものについて語った。はじめは、みんな寝ぼけた顔で聞いていたが、そのうち興奮してきた。

幽霊だ、いや首吊りだ、と騒いだあげく、真相を確かめようということになった。

相手がなんであろうと、みんなでいけば怖くない。

Sさんと同級生たちは、ぞろぞろとさっきの場所へむかった。

しかし、そこに女の姿はなく、誰かがいた痕跡もなかった。

「ただ、あとで考えたら、あの晩は風が強かったのに、女の髪は全然なびいてなかったんです」


二年前、高校の同窓会で、三十年ぶりにKさんと再会した。

Sさんは自分の記憶を確かめるような気持で、

「あの夜、たしかに見たよのう」

遠慮がちに切りだすと、Kさんは即座にうなずいた。

彼も女の姿を、はっきりとおぼえていた。淡いピンク色の眼鏡やちょうちん袖のブラウスといった細部までが、Sさんの記憶と一致していた。

「それで妙に安心しましたけど、あれはなんだったのか、いまもわかりません」

N荘

Sさんは高校を卒業すると、大阪の大学へ進学した。入学式の数日前、母と一緒に、はじめて学生寮へいった。

学生寮はN荘という名前で、緑の多い郊外の町にあった。

その日は朝から大雨で、バスをおりたときは、鉛色の雲が空に重く垂れていた。

バス通りを折れて、細い路地を抜けると、これから住むことになる瓦葺《かわらぶ》きの二階家が見えてきた。その前に立ったとき、打ちのめされたような絶望感が襲ってきた。

「ここに住むんじゃなければ、どこでもいい」

わけもなく、そう思った。

天気のせいか、建物の上には、そこだけ墨を流したような黒い雲が渦を巻いている。

それでますます厭になったが、親の脛《すね》を齧《かじ》る身ではわがままもいえない。

やがて母は、近くの知人を訪ねるといって先に帰った。Sさんは寮に残って部屋の掃除をはじめたが、不意に原因不明の高熱に見舞われた。

あまりのつらさに身動きもできず、備えつけのベッドに横たわって、ひと晩じゅう唸っていた。しかし朝になると、嘘のように熱はひいたという。

はじめは憂鬱《ゆううつ》だったN荘での生活も、日が経つにつれて慣れてきた。

ある日、殺風景な部屋の雰囲気を明るくしようと、Sさんは観葉植物を買ってきた。花屋の店員に、世話が簡単だからと勧められたガジュマルの鉢植えである。

それから十日ほど経ったある日、なにかの拍子によろめいて、鉢植えにぶつかった。とたんに、まだ青くみずみずしい葉が、ぱらぱらと一枚残らず枝から落ちた。

いつのまにか、木は完全に枯れていた。

余談だが、ガジュマルは別名、多幸の木とも呼ばれ、沖縄ではキジムナーという精霊が住むといわれている。

N荘は植物だけでなく、動物にも縁がなかった。ほかの寮では鳥や小動物を飼っていたり、はなはだしい場合は野良犬まで飼っていたが、N荘に限ってそんな住人は皆無だった。Sさんのように観葉植物ひとつ育てようとする者もいない。

近所にはたくさんいる野良犬や野良猫も、N荘のそばでは、ほとんど見かけない。

ある雨の晩、珍しく猫の鳴き声がすると思って、Sさんは部屋をでた。

あたりを見たら、地面に黒いものが落ちている。

なにかと思って拾いあげると、それは生まれたばかりの仔猫の屍骸だった。

N荘は犬や猫が寄りつかないかわりに、蛇や虫がやたらに多かった。

建物の前を流れるどぶ川には、しょっちゅう蛇が泳いでいたし、いくら殺虫剤をまいても、蠅や蚊やごきぶり、ムカデやヤスデのたぐいが部屋に入ってきた。

N荘の大家は還暦をいくつかすぎた夫婦だったが、ふたりとも建物に劣らず陰気な雰囲気だった。夫は猿のような顔だちで、なにかというと豪快に笑うが、口元だけで眼は笑っていない。

妻は反対に無愛想な女だったが、俗にいう猫足で、足音がしない。ふと気づくと、背後に立っているということが何度もあった。

そんな寮だけに、怪談話には事欠かなかった。

どこどこの部屋には、昔自殺した学生の幽霊がでるとか、寮が建つ前は墓場で、床下にはいまも骨が埋まっているとか、どれも学校にありがちな根拠のない噂だったが、なかには真剣に幽霊を見たといい張る者もいた。

Sさん自身は、N荘に住んでいるあいだ、特に怪しいものを見ることはなかった。ただ、毎日軀がだるく、なにをするにも気力が湧かない。

必ずしも環境のせいとはいえないが、ほかの学生も軀の不調を訴える者が多かった。さすがにこのままではいけないと、Sさんはバイトで金を貯めて、ワンルームマンションに移り住んだ。

新しい部屋での暮らしは、別世界のように快適だった。あれほど無気力だったのが、自分でも信じられないほど元気になった。

Sさんはワンルームマンションに移ってからも、友人がいるせいで、ときどきN荘に遊びにいった。

ある夜、友人の部屋で話しこんでいると、いつのまにか怖い話になった。

とたんにKさんという後輩が、

「もう、そんな話はやめてください」

と懇願する。わけを訊くと、Kさんは子どもの頃に首吊り屍体《したい》を目撃してから、その手の話が極端に苦手になったという。

「そういうのを見た奴は、必ずもう一回見るっていうぞ」

Sさんは冗談でいったが、Kさんは青い顔でかぶりを振った。


何か月か経って、ひさしぶりにN荘を訪れたとき、Sさんは愕然《がくぜん》とした。

つい最近、大家の妻が首を吊ったという。

最初に遺体を発見したのが後輩のKさんだと聞いて、ますます厭な気分になった。

「偶然の一致だと思いますが、なんとも後味が悪かったです」

そのうえ不可解なのは、大家の妻が学生の部屋で首を吊っていたことだった。

Kさんによれば、現場は友人の部屋で、遊びにいったら返事がない。留守かと思いつつドアを開けたら、そこにぶらさがっていたという。

その友人は、たまたま前の晩から外泊していたが、特に大家の妻と交流があったわけではない。なのに、なぜその部屋で死んだのか、そもそも死を選んだ理由はなんなのか、誰にもわからなかった。

Sさんは大学を卒業後、郷里の広島に帰った。やがて結婚して、自宅でデザインの仕事をはじめた。

ある夜、奥さんと晩酌をしていると、ふとしたことから学生時代の話題になった。

「そういえば、どんなところに住んでいたの」

奥さんが話の途中で訊いた。

N荘のことは、なんとなく口にするのがためらわれて、それまで奥さんにも話さなかった。けれどもその夜は酒が入っていたせいか、喋るのに抵抗がなかった。

N荘の平面図を描きながら、そこでの思い出を語っていると、不意に奥さんが両手で口を押さえてトイレに駆けこんだ。とたんに烈《はげ》しく嘔吐《おうと》する音がした。

しばらくして奥さんは、真っ青な顔でもどってきて、

「こんなところに、よく住んでいられたわね」

と怒ったようにいった。

さらに奥さんは、興奮した口調で「ミズ」とか「ヘビ」とか「キノナガレ」とか、Sさんにはよくわからないことをならべたてた。

奥さんは、もともと家相や方位といったものに敏感な体質だったが、これほど取り乱したのははじめてだった。

その夜はベッドに入っても、なかなか眠れなかった。Sさんは、先刻の奥さんの言動が癪《しゃく》に障《さわ》ったせいもあって、あえてN荘の話を続けた。

やがて話が大家の妻の死におよんだ頃、奇妙な音が聞こえてきた。

「どむん、どむん、どむん」

なにかを叩いているような、しかし残響のない音だった。

「お寺の鐘を土に埋めて叩けば、あんな音がするかもしれません」

奇妙な音は、しだいに大きくなる。

しかし、どこから聞こえてくるのかわからない。

はじめは外から聞こえるのかと思って、窓から顔をだした。すると音は部屋のなかから聞こえてくる。だが、そんな音をたてるようなものは、どこにもない。

いつのまにか、奥さんは両手をあわせて、般若心経《はんにゃしんぎょう》を唱えている。

Sさんも怖くなって、なにが相手かわからぬままに、すみません、すみません、と内心で繰りかえしていた。

その効果があったのかどうか、奇妙な音は遠ざかるようにちいさくなっていった。

以来、N荘の話は、Sさんのなかで禁忌となった。

だが今回の取材に際して、SさんはふたたびN荘の平面図を描いた。

その日は私と逢う当日だったが、待ちあわせ場所にSさんは青い顔であらわれた。

わけを訊くと、平面図を描きあげた直後に心房細動の発作が起きて、いままで病院にいたといった。

現在、N荘は取り壊されて、新しい建物になっているという。

なにかいる

数年後、Sさんは夫婦仲が悪化して、それまで自宅だった仕事場をべつの場所へ移すことにした。けれども、あらたに事務所を借りるほど、まとまった金がない。

悩んでいると、知人の紹介で格安の物件が見つかった。

倉庫の二階で、事務所にはやや辺鄙《へんぴ》な場所だったが、寝泊まりできるだけのスペースもある。Sさんは早速契約して、そこで仕事をはじめた。

事務所を借りて何週間かは自宅へ帰っていたが、日増しに奥さんと気まずくなって、事務所で寝泊まりするようになった。

はじめて事務所に泊まった夜、Sさんは烈しい足音で眼を覚ました。

事務所と壁ひとつ隔てたホールから、子どもが走りまわるような足音がする。

近所の子どもでもまぎれこんだのかと思いつつ、Sさんは勢いよくドアを開けて、

「やかましいッ」

と怒鳴った。とたんに足音はぴたりとやんだ。

真っ暗なホールを見まわしたが、誰の姿もない。しかしそのときは怖さより、眠いのを起こされた不満のほうがまさっていた。

Sさんは、いらいらしながらベッドにもぐりこんだ。だが一分と経たないうちに、どたばたと足音がする。もう許さん、と怒りが湧いた。

Sさんは息を殺してベッドをでると、そっとドアを開けた。今度こそ犯人を見つけるつもりだったが、結果はおなじで、ホールはがらんと静まりかえっていた。

もっとも、奇妙な足音がしたのはその夜きりで、しばらくはなにもなかった。

だが怪異こそ起こらないものの、仕事は惨澹《さんたん》たる状況だった。

思いあたる原因もないのにクライアントの依頼は急激に減ったし、事務所の場所がわかりにくいせいか、来客も極端にすくなくなった。

友人知人だけでなく、広告代理店の営業やカメラマンといった取引先までが事務所にきたがらない。わけを訊いても、ほとんどが言葉を濁すが、

「――ここ、なんかいますよ」

何人かは、ためらいがちにそういった。

親しくしていたある女性経営者は、用があっても二階の事務所へは顔をださずに、一階の駐車場から電話をしてくる。

「変な女がいるので、いきたくない」

と彼女は露骨なことをいう。

その頃知りあったKさんという女性も、事務所にくるたびに、女の姿を見るといった。彼女によれば、その女はいつも視界の隅にいて、こちらを窺っているらしい。

たがいに面識はないのに、みな似たようなことをいうのが不気味だった。


ある朝のことである。

前の晩、出張で外泊したSさんは、事務所に着いて、コピー機の電源を入れた。

しかし反応がない。調べてみると、いつのまにかブレーカーが落ちていた。

ブレーカーを入れて、ふたたびコピー機の電源を入れた。

これで起動したと思ったら、またブレーカーが落ちた。おなじことを何度か繰りかえして、ようやくコピー機は正常に動きだした。

そのとき知人のTさんが、事務所に顔をだした。Tさんは大家の親戚で、事務所に訪ねてくる数すくない人物のひとりである。

大家に伝えて欲しい気持もあって、Sさんはブレーカーのトラブルについて愚痴をこぼした。とたんにTさんは顔色を変えて、

「実は、きょうの朝方、似たような夢を見たんです」

どんな夢かと訊くと、この事務所の階段を赤い服の女がのぼっていくという。

「その女がブレーカーボックスの扉を開けて、ブレーカーを落とすのを見たんです」

嘘だろ、とSさんは笑った。

女だけならともかく、なんで夢にブレーカーなんかがでてくるのか。そういったが、Tさんは硬い顔つきのまま帰っていった。

あとになって、妙なことに気づいた。

ブレーカーが落ちるには、なにかを起動させなければならないが、けさは出勤してきた時点で落ちていた。しかしゆうべ帰るときには、機材の電源はすべて切っている。

といってSさんは、いまだにそうした存在を信じる気持にはなれなかった。

過去に不可解な体験は多いし、その時点では充分に怖いのだが、時間が経つにつれ

て、どれも錯覚か、あるいは科学的に説明のつく現象のように思えてくる。

その後も、事務所で見知らぬ女を見たと何度かいわれたが、

「女房の生き霊でもおるんかな」

と軽口を叩く程度で、深く考えようとはしなかった。


その事務所は二年ほどいただけで、引き払うことになった。

周囲から引越しを勧められたのもあるが、最大の原因は売上げの低迷である。

引越しを間近に控えた夜、仕事を終えて事務所のドアの鍵をかけていると、トイレの入口で白いものがちらちらしている。

不審に思って眼を凝らすと、それは人間の背中だった。壁に隠れて顔は見えないが、長い髪と白っぽい服からして女のようだった。しかし事務所がある倉庫のなかには、誰もいないはずである。

女は横をむいて、トイレの入口を行きつ戻りつしている。

Sさんは閉めたばかりのドアを開けて、事務所に駆けこんだ。

しばらく経って様子を窺うと、女の背中は消えていた。

Sさんは、このときとばかり外へ飛びだした。

その足で、以前、事務所に変な女がいるといった女性経営者のもとを訪ねた。彼女なら、自分が見たものがなんなのか、わかるかもしれないと思った。

「その女は、あなたを逃がすまいとしている」

女性経営者はそう告げて、引越しが終わるまで、ここで仕事をしたほうがいいと、会社の一室を提供してくれた。

Sさんの事務所があった地域は、戦時中、空襲で多数の死者がでたという。

むろん、そこでの体験と関係があるかどうかは不明である。

かよさん

その後、Sさんは奥さんと離婚して、前の事務所にいるときに知りあったKさんと再婚した。Kさんとまだ交際中のある日、Sさんは彼女の実家へ遊びにいった。

両親に挨拶をすませたあと、Kさんの部屋がある二階にあがった。

ふと、なにかの拍子に、Kさんが立ちあがった。

その顔が、なぜか二重に見える。

眼精疲労かと思って眼を擦《こす》ったが、やはり顔がふたつある。

そのときになって、まわりの風景はぼやけてないのに気がついた。

よく見れば、Kさんの手前に、べつの女性が透けるように佇んでいる。

「昔ふうの外巻きにカールした髪で、わりと整った顔だちでした。ただ――」

その女性の顔には、点々と黒い穴があいていた。

事務用のパンチであけたような正円の穴だったという。

しかし不思議に恐怖は感じなかった。

女性はSさんを見つめながら近づいてくると、すうっと流れるように横へ消えた。

直後に、Kさんがその女性とまったくおなじ動きで近づいてきた。

それを見て、Sさんはいまさらのように驚いた。

「――いま、おまえの前に誰かいたよ」

近くにあった紙に、いま見た女性の姿をスケッチした。

Kさんはひと目見るなり、

「かよさんだ」

と叫んで、階下へ父を呼びにいった。

Sさんが描いた絵を見せると、Kさんの父は絶句して、押入れから古いアルバムをだしてきた。彼が指さしたのは、一枚の黄ばんだ写真だった。

雑木林のようなところで、髪を外巻きにカールした女性が木によりかかってポーズをとっている。それは、まさしくSさんが見た女性だった。

その女性――かよさんは、Kさんの祖母の妹で、若くして亡くなったという。

しかしなぜ顔にいくつも穴があいていたのか。それをいうと、

「かよさんは、整形をしとったから――」

Kさんの父は苦い顔でつぶやいた。

青い帽子

Sさんの現在の奥さんであるKさんは、食品関係の仕事をしている。

ある日、Kさんは残業で、深夜まで会社に残っていた。

ふと外から、からん、からん、と金属質の音が聞こえてきた。

気になって窓から覗くと、青い帽子に青い制服を着た、小学校低学年くらいの男の子が真下にいた。

男の子は、側溝の蓋の上を、けんけん飛びでもするように歩いている。

その子がぴょんぴょん跳ねるせいで、側溝の蓋が鳴るのだった。

「こんな夜中に、どこの子だろう」

塾帰りにしては鞄も持っていないし、そもそも時間が遅すぎる。

声をかけるべきか迷っているうちに、男の子の姿は見えなくなった。

翌朝、Ｋさんが出勤すると、会社のむかいにある斎場に、ゆうべ見た男の子とおなじ、青い帽子に青い制服の子どもたちが大勢集まっている。

「ああ、やっぱり――」

とＫさんは思った。

あしあと

Sさんの大学の先輩にTさんという男性がいる。
Tさんは大学生の頃、二階建ての木造アパートに住んでいた。
ある夜、Tさんが布団で寝ていると、どーんッ、と大音響がした。
驚いて飛び起きると、金属製のドアが何センチか開いている。
「なんやろう」
とドアの外を見たが、誰もいない。
玄関の鍵は、寝る前に締めたはずだが、夢でも見たのかもしれない。
首をかしげつつ、ふたたび布団に入った。
ようやく目蓋が重くなってきた頃、どーんッ、とまた大音響がした。
その瞬間、ドアがぎいっと開くのを見た。

Tさんはすかさず布団から飛びだして、ドアのむこうを覗いた。

しかし今度も、誰の姿もない。

「これは近所の悪餓鬼のしわざや」

そう思ったTさんは、玄関の前に陣どって、また音がするのを待った。

身長が百八十を超える偉丈夫のTさんは、腕力には自信がある。相手が誰であろうと、とっ捕まえてやろうと思った。

はたして何分か経った頃、どーんッ、がきた。

「こらあッ」

とTさんは怒鳴って、体当たりするようにドアを開けた。

だが、またしても結果はおなじだった。

そのあとも音がするかと身構えていたが、それきりなにも起きなかった。

数日後の深夜、Tさんは友人たちと酒を呑んで、アパートに帰ってきた。

すると玄関のドアが、わずかに開いている。

だが外出するときに、たしかに鍵をかけた記憶がある。

「このあいだの悪餓鬼か、泥棒がいるにちがいない」

Tさんは息を殺して、そろそろとドアを開けた。

六畳ひと間の部屋だけに、ひと目でなかは見渡せる。

だが、どこにも怪しい者はいないし、荒らされた形跡もない。

狐につままれたような気分で室内を見まわしていると、床にちいさな足跡があった。

大きさは赤ん坊の足くらいで、裸足《はだし》である。

なにを踏んだらこうなるのか、足跡は、脂《あぶら》と草木の汁が混じったような色をして、てかてかと光っている。

「やっぱり、犯人は餓鬼や」

Tさんはそう思ったが、あることに気づいて、ぎょっとした。

足跡は全部で四つあったが、歩幅が異様に長い。

Tさんがいっぱいに足を伸ばしても、その足跡の一歩におよばない。

「なんぼ餓鬼ゆうても、そんなんがドア叩いとったかと思うたら、気色悪いわな」

足跡は、玄関を入ってすぐのキッチンからはじまって、窓際にあるベッドの手前でぷつりと途絶えていたという。

銀色の物体

過去に二度、妙なものを見たことがある。

つまり私の体験であるが、他愛のない話だから、いままで活字にしなかった。ただ今回の取材で類似の体験を耳にしたので、あわせて書いてみる気になった。

私が百貨店に勤めていた頃だから、十四、五年前の話である。その店の最上階にある中華料理店で、打ちあわせを兼ねて、取引先と食事をとっていた。

ふと窓の外を見ると、銀色の飛行機が空を飛んでいく。

べつに関心はなかったが、取引先と喋りながら、ちらちらと眺めていた。

やがて飛行機は、駅裏にあるホテルに隠れて見えなくなった。

なんとなく飛行機がでてくるとおぼしい場所に眼をとめていたが、いつまで経ってもでてこない。ホテルの建物は細長く、垂直に方向転換でもしない限り、視界から逃れるのは不可能である。

といって取引先にいうべきことでもなく、そのまま打ちあわせを続けた。

十年ほど前の話である。やけに暑かったから、たぶん夏だと思う。

車で外出していて、途中で喉が渇いた。

あたりは住宅街だったが、道路脇に自動販売機があった。

ジュースでも買おうと車をおりたとき、十メートルほど先に、銀色のタンクのようなものが浮かんでいた。ふつうの乗用車くらいの大きさで、楕円《だえん》に近い形だった。

なんだろうと思いつつも、そのときは、とにかく喉が渇いていた。

だが自動販売機で呑みものを買って、顔をあげると、さっきの物体は消えていた。

車を運転していた家人も、おなじものを見ている。

しかし消えた瞬間は見ていないといった。

化粧品の販売をしているWさんが、中学生の頃の話である。

夏休みのある日、外出して汗をかいたので、昼から風呂に入った。
湯舟に浸かってぼんやりしていたら、急に窓の外が暗くなった。
陽が翳《かげ》ったにしては、暗すぎる。
変に思って窓を覗くと、銀色の巨大な物体が、ゆっくりと上空を横切っていく。
飛行機やヘリコプターでない証拠に、無音である。
「それに、お椀《わん》の蓋を逆さにしたみたいな形でした」
なにかと思ったが、裸ででていくわけにもいかず、そのまま見送るしかなかった。
あとで彼女から話を聞いた家族は、飛行船だろうといった。
しかし銀色の物体は、隣家の屋根すれすれの低空を飛んでいたという。

派遣会社に勤めるCさんの話である。
四年ほど前、Cさんは建設中のマンションで作業をしていた。
外壁に組まれた足場で資材を運んでいると、眼下に見慣れない車が停まっていた。
夏草が生い茂る空き地に、やけにまるっこい銀色の車がある。
なんという車種だろう。

気になったが、不安定な状況だけに下ばかり見ていては危ない。

顔をあげて資材を運び終えたとき、先輩の職人がそろそろ飯にしようといった。

Cさんはうなずいてから、下の空き地を指さした。

「あれ、なんちゅう車ですかね」

そのときには、もう銀色の車はなかった。

最初に車を見てから、一分と経っていない。

そのあいだ、ドアを開ける音やエンジンの音もしなかった。現場は見晴しのいい高台だが、道路にもそれらしい車は見えない。

あとで空き地を覗いてみると、車があった場所の草が横倒しになっていた。

「飛んでいったとしか、思えんのですがね」

とCさんはいった。

黒い心臓

歯科衛生士をしているMさんの話である。

彼女が九歳のとき、当時三歳だった従妹《いとこ》が心臓病で亡くなった。

生まれつき心臓に穴があいているという障害があったのだが、直接の死因は手術時のミスによるものだった。

葬儀の夜、Mさんは叔母から、従妹がかわいがっていた西洋人形を形見としてもらった。西洋人形といっても凝ったものではなく、ごくふつうの人形だったという。

Mさんはその人形を机の上に飾ったが、もらった当初をのぞいては、まったく手を触れなかった。というのも、ある時期から人形の変化に気づいたからである。

「――髪が伸びていたんです」

Mさんは長いあいだそのことを黙っていたが、あるとき両親にいうと、そんな馬鹿なと一蹴《いっしゅう》された。

けれども人形の髪は、すこしずつではあるが確実に伸びていった。もらった頃は肩口までしかなかった髪が、十年ほどで胸に届くまでになっていた。


十九歳のとき、Mさんは歯科衛生士を目指して専門学校に通っていた。

その通学路の途中に墓があり、毎朝、付近の住人らしい老婆がそばに立っている。老婆はその墓を拝んだり、供えものをしたりしているが、Mさんが通りかかるたびに声をかけてくる。

「あんたの心臓が黒く見える。身内に心臓で亡くなったひとがおるんやね」

Mさんは不気味に思ったが、おなじことを何度もいわれているうちに、ふと従妹の人形のことが気になりはじめた。

ほとんど十年のあいだ、飾ったままにしているせいで、人形は顔も服も真っ黒に汚れている。

ある日、Mさんは人形の顔を拭き、着ていた洋服をきれいに洗った。

はじめて金縛りに遭ったのは、その夜だった。

誰かが胸の上にのしかかって、首を絞めてくる。苦しくて声もだせないが、躯が自由になるまでは、怖くて眼を開けることはできなかった。

翌日の夜も、その次の夜も、毎晩のように金縛りは続いた。

ある夜、思いきって眼を開けると、おかっぱ頭で着物を着た女が胸の上にいた。

もちろん、そんな女に見覚えはない。

金縛りが解けたあと、Mさんは怖くて泣きじゃくった。

その夜を境に、Mさんは奇妙なものが見えるようになった。

奇妙なものとは、つまりこの世ならぬものである。道を歩いていても、建物のなかに入っていても、それが見える。

はじめはどうしていいかわからず、自分が見たものを両親に語った。

両親は、娘が精神に異常をきたしたと判断し、かかりつけの医師に相談した。けれども、奇妙なものが見えるという以外には、どことい って異常はない。

医師もわからないとなると、その方面の専門家に相談したほうがいいかもしれない。

そう思った両親は、つてを頼りに、ある修行僧を自宅へ招いた。

Tさんというその人物が部屋に入ってきたとたん、Mさんは軀が震えだした。

そのうち頭痛がして、涙があふれてきた。

「わたしのなかのなにかが、拒絶反応を起こしているような感じでした」

さらにTさんの第一声は衝撃的だった。

「心臓が真っ黒で、空っぽに見えるよ」

通学路で逢う老婆とおなじことをいわれて、Mさんは青ざめた。あの老婆のことは、Tさんにはもちろん、家族にすら話していない。にもかかわらず、Tさんは、この家には心臓の病で亡くなった身内がいると指摘した。

「そのひとが、この子に助けてくれと訴えている」

幼くして逝ったMさんの従妹を思いだして、今度は両親が驚いた。両親が忘れていたくらいだから、Tさんが事前に知るよしもない。


後日、従妹の家に親戚が集まり、Mさんのお祓いを兼ねた供養がおこなわれた。

従妹の人形も、供養のあと、寺へおさめられることになった。

Tさんが読経をはじめると、Mさんは身をよじって苦悶した。自分の感情とはべつに、涙がとめどなく流れ、吐き気が喉を衝《つ》きあげてきた。

けれども儀式が終わると同時に、軀からなにかが抜けた感触があって、その夜からぐっすり眠れるようになった。

その後も、Mさん一家とTさんは交流を続けた。

しかし数年後、Tさんは無縁仏が憑いた女性のお祓いをしている最中に亡くなったという。

蝋燭の炎

Mさんは専門学校を卒業後、念願の歯科衛生士になった。

十九歳のときにお祓いを受けてから、連日の金縛りはやんだが、奇妙なものが見えるという体質は変わらなかった。Mさんが悩んでいるのを見かねた知人から、ある寺を紹介され、そこの住職と知りあった。

住職は、Mさんには生まれつきそういう能力があるといい、ちゃんと修行をするよう熱心に勧めた。

しかし当時は、二十代前半という年頃である。寺へ通って、滝に打たれたりするのは厭だった。いろいろ相談には乗ってもらったが、修行にはいかなかった。

だがMさんが二十六歳のとき、住職に助けを求めざるを得ない事態が起きた。

その頃、Mさんは出張歯科検診の仕事をしていた。

ある日、役所の検診で、五十代の男性を診ていたとき、突然、首に衝撃が走った。

ばちんッ、と感電したような痛みがあって、首がまわらなくなった。

しだいに気分が悪くなって、家へ帰りついた頃には、軀が燃えるように熱くなった。

熱さと苦しさでのたうちまわっていると、不意に死にたい気分になった。

われにかえると、紐状に巻いたタオルで自分の首を絞めていた。

息がつまって意識が遠のきかけた瞬間、

「――なにしよるんねッ」

母が駆け寄ってきて、Mさんの手からタオルをもぎとった。

だが、いまだに燃えるような熱さは続いている。Mさんは喋ることもできずに、身振りで紙とペンとを求めた。

「しにたい　たすけて」

母から受けとった紙に、そう書いた記憶があるという。

これはまた、娘になにかが憑いた。

そう判断した母は、Mさんが相談にいった寺へ電話をかけた。その頃には両親も、娘の奇妙な体質に理解を示していた。

「熱がっとるんやろ。いまからすぐに連れてきなさい」

電話にでた住職は、即座にいった。

もう深夜に近い時刻だったが、両親は寺まで車を走らせた。

寺に着くと、さっそくお祓いがはじまった。住職が経を唱えているあいだ、以前とおなじように涙があふれ、猛烈な吐き気に襲われた。Mさんによれば、

「ああいうものって、口から吐きだすんですよね」

やがてお祓いが終わると、体調はあっさりもとにもどった。

Mさんに憑いていたのは、火事で焼死した人物だと住職はいった。

もともとはMさんが検診した五十代の男性に憑いていたのだが、彼女なら自分のことを理解できると知って、救いを求めてきたという。

そのことがあってから、Mさんは、ようやく修行をする気になった。

そこで週末になると寺へ通いはじめたが、若い女性の身に修行は厳しく、二年ほどで挫折した。しかし短い期間でも修行を積んだ甲斐あって、ある程度のことは自分で処理できるようになった。

なにかが憑いたと思えるときは、仏壇に茶を供え、経を唱える。蝋燭の炎を見つめ

ていると、憑いているものの姿が脳裏に浮かんでくる。

やがて蝋燭の炎にも変化が起きる。

はじめは揺らいだりたなびいたりしているが、最後は天井に届くほど高く伸びる。

それが憑きものを祓った合図で、お茶を家の外にまいて儀式を終える。


去年、Mさんのご主人が中国への出張を終えて、帰国した。

ところが家に帰ってくるなり、だるいだるいと口にして、顔色が冴えない。

出張の疲れが溜まっているのかと思っていると、夜中に魘《うな》されて、うめき声をあげている。あまりに苦しそうなので背中をさすった瞬間、てのひらに違和感をおぼえた。

「なにか連れてきてる」

Mさんは仏壇に茶を供え、蝋燭を灯した。

一心に経を唱えていると、見慣れない街や建物が次々に脳裏をよぎった。

やがて地面の下に遺体が埋まっている光景が浮かんだ。

あとで自分が見たものをいうと、ご主人は眼をまるくして、

「なんで知ってるの」

Mさんが見た街や建物はどれも、夫が中国で立ち寄った場所と一致していた。そのどこかを通った際に、なにかがついてきたようだった。

「遺体が見えたから、たぶん土葬だと思うんですけど――」

お祓いが終わったとき、蝋燭の炎が高くあがるのを、ご主人は不思議そうに眺めていた。体調不良は、それでけろりと治った。

では、そういうものを信じたかというと、

「主人は全然信じません。だいたいこんな話をすると、頭が変だと思われるから、身内にもいわないんです」

とMさんは苦笑した。

来客

フリーターのYさんが高校生の頃の話である。

八月十二日の夜だった。

家族でお茶を呑んでいたら、かしゃんかしゃん、と箪笥の上で音がした。

猿の人形が、シンバルを打っている。

「——変だな」

猿の人形は電池式だが、長いあいだ動かしたこともない。

ふと勝手口のドアが開いて、着物姿の女が座敷に入ってきた。

いったい誰だろう。家族が顔を見あわせていると、

「いま何時ですか」

ぼそりと女が訊いた。

時計を見ると、ちょうど十二時だった。

Yさんがそれを伝えたとたん、女は踵《きびす》をかえして、勝手口からでていった。

「いまの、誰や」

父が家族を見まわしたが、みな心あたりはなかった。

きょうからお盆やけ、と誰かがいって、なんとなく納得した気分になった。

「その女は家族全員が見ているんですが、みんな顔をおぼえてないんです」


似たような話が、もうひとつある。

専門学校生のOさんが、小学校六年生のときの話である。

お盆の夜に、実家で親戚を集めた宴会があった。

宴会は十一時頃に終わったが、Oさんは眠れずにテレビを観ていた。

午前二時をすぎた頃、台所のほうから音楽が聞こえてきた。

驚いて台所へいくと、母がクリスマスに買ってきた人形が軀をくねらせている。

食器棚にあるそれは、センサー式で、誰かが触れない限り動かない。

自分が気づかなかっただけで、地震でもあったのかと思っていると、それから何分も経たないうちに、がたがたと食器棚が揺れだした。

「やっぱり地震だ」

とOさんは思った。

けれども地震にしては、食器棚以外は揺れていない。

揺れがおさまったあと、テレビに注目していたが、それらしい速報は流れない。

首をひねっていると、電話が鳴りだした。

こんな時間に誰だろうと思ったが、親戚の誰かが忘れものでもしたのかもしれない。

Oさんは急いで電話にでた。

しかしツーツーツーと音がするだけで、電話は切れていた。そのへんで、急に怖くなってきた。

二階で寝ている両親を起こそうかと思うが、怖くてその場を動けない。

するとまた電話が鳴って、びくッ、とした。

恐る恐る受話器を握ると、今度はちゃんとつながっている。

けれども相手は無言だった。

Oさんは子機を持って、二階へ駆けあがった。

母を起こして子機を渡すと、じっと耳に押しあてている。
しばらくして母は、まるで会話が終わったように通話ボタンを切って、
「よう聞こえんかったけど、たぶん、おばあちゃんの声やった」
Oさんはよくわからないままに、おずおずとうなずいた。
だが考えてみれば、母の祖母、つまりOさんの曾祖母は数年前に亡くなっている。
その夜は、窓の外が明るくなるまで眠れなかったという。

石

Oさんが中学三年生のとき、学校でバス釣りが流行《はや》った。Oさんも授業が終わると、毎日のように近くの池へ釣りにいった。

ちょうどその頃、おなじ学校の生徒が自転車で事故を起こした。その影響で、一時的に自転車通学が禁止になった。けれども放課後は一刻も早く釣りにいきたい。自転車がないと不便だと、同級生たちはみな不満がっていた。

ある朝、Oさんはこっそり自転車に乗って、学校のそばまでいった。どこか目立たぬ場所に自転車を置いて、そこから徒歩で学校にいくつもりだった。そうすれば、帰りは自転車で釣りにいける。

どこに自転車を停めようかと迷っていると、近くに公民館があった。公民館の裏は、雑草が生い茂る藪《やぶ》で、ひと目につかない。

「ここなら平気だろう」

藪のなかに入ると、あたりには砂利を敷きつめたように石がごろごろしていた。停めにくい場所だなと思いつつ、石の上に自転車を停めた。

だが、学校に着いてまもなく、気分が悪くなってきた。

ひどく軀がだるくて、頭痛がする。どうにか早退せずに授業は受けたものの、もう釣りにいくどころではない。

学校が終わると、Oさんはまっすぐ家路についた。わが家に帰りついたあと、自転車を忘れてきたのに気づいたが、いまさら取りにいく気がしなかった。

夜になっても、あいかわらず体調はおもわしくなかった。

はじめは風邪かと思っていたが、どうも様子がちがう。

「それで、自転車を停めたあたりを調べてみようと思ったんです。なにか妙な草の花粉にでもやられたんじゃないかと思って――」

翌朝、Oさんはいつもより早く家をでて、きのうの藪へむかった。

目的の場所につくと、なぜか自転車は横に倒れていた。それを起こして、周辺の草木を調べたが、特に変わったところはない。

あきらめて帰ろうかと思ったとき、地面に転がっている石が眼にとまった。

よく見れば、なにか文字が彫ってある。ほかの石も調べてみると、同様に文字が彫られたものがいくつもあった。

「あとでわかったんですが、それはみんな墓石だったんです」

どうやら古い墓地が、土地の造成中に撤去もしないまま崩されたようだった。

自転車に乗って、その場所を離れたとたん、体調はもとにもどったという。

カラオケボックス

Oさんの実家がある大分県に、Rというカラオケボックスがある。

営業をやめてから、かなりの年数になるが、なぜか取り壊されぬまま廃墟となっている。Oさんが地元で聞いたところでは、幽霊がでると噂がたったのが潰れた原因で、祟りを恐れて解体工事に手をつける者がないという。

そんな話が広まっているくらいだから、地元では有名な心霊スポットになっている。

もともとRの付近には断崖があって、かつては自殺の名所だったらしい。


Oさんの知人に、Eさんという女性がいる。

Eさんが高校一年生のとき、同級生の女の子が彼氏とふたりでRにいった。

一階、二階と部屋を見ながら上へあがって、最後に屋上へでた。

そこに若い女が立っていたという。

いかに有名な心霊スポットとはいえ、ひとりで見物にくる女などいない。

しかもその女は、長い髪に白い服の、まさに定番というべき姿だった。

ふたりは怖くなって、一目散に逃げ帰った。

その夜、女の子は、Rでの体験をEさんに語った。

Eさんによれば、女の子はそれなりに怖がっていたが、特に変わった様子はなかったという。

ところが翌日、その女の子は近所の池で溺死体で見つかった。

その池は、ふだんなら近づくはずもない場所で、自殺するような理由もまったくなかった。かといって他殺を思わせる部分もなく、やはり自殺という見方が強かった。

「Rへいったせいかもしれない」

と周囲は噂したが、むろんそれが原因ともいえない。

数年後、Rの一室にホームレスが住みついているという噂が流れた。

「あんな怖いところに、よく住めるなって思いました」

それからまもなくRは火事になって、焼跡から件《くだん》のホームレスとおぼしい遺体が発見された。Oさんは、ホームレスが火の不始末でもしたのかと思ったが、警察の調べではべつに原因があるらしい。

「だいたい焼けかたが変なんです。最上階の一室だけが丸焦げで、ほかはなんともなくて――」

Rは、いまだに解体されていないとOさんはいった。

鏡張りの部屋

バーに勤めるCさんの話である。

数年前のある夜、Cさんは当時つきあっていた彼女と、ドライブのあとでラブホテルに入った。かなり古いホテルで外観は薄汚れていたが、懐《ふところ》がさびしいだけに、料金の安さに惹かれた。

いかにも人気のなさそうなホテルだから、誰もいないかと思いきや、駐車場には何台か車が停まっていた。

しかしよく見ると、どれも厚く埃が積もって、しばらく動かした形跡がない。

「こいつら、ずーっと泊まっとるんかな」

Cさんが笑っていうと、彼女が眉《まゆ》をひそめた。

ホテルのなかに足を踏み入れたら、彼女の眉間《みけん》の皺はいっそう深くなった。

フロントのまわりは赤絨毯を張りめぐらせたような内装で、埃まみれのシャンデリアがさがっている。部屋を選ぶパネルは写真が色褪せて、なにが写っているのかわからない。面倒になって適当にボタンを押したが、なんの反応もない。

思わずひきかえそうかと思っていると、

「泊まりやろ」

フロントの穴から、しわがれた声がした。彼女はCさんの裾をひいたが、ここをでても、ほかに泊まるあてはない。仕方なく、はい、と答えた。

宿泊料金を払うと、フロントの女は無言で穴から鍵をだした。

鍵についているプラスティックの柄は、過去に何度も折れているようで、ガムテープがぐるぐる巻いてある。

異様にのろいエレベーターをおりて、鍵の柄に記された番号のドアを開けた。

とたんに、むっと湿った空気が全身を包んだ。

真夏だというのに、部屋には冷房が入っていない。

そのうえ、想像以上に汚れていた。壁はクロスがあちこち剥がれて、四隅に雨漏りのような茶色い染みがある。そのせいか、下水と黴《かび》のような臭いがする。

換気をしようにも、ペンキで塗り潰したような窓は開かない。

旧式のエアコンがあるにはあったが、電源を入れても埃っぽい風がでてくるばかりで、いっこうに冷えない。

「なにこれ」

と浴室を覗いていた彼女が叫んだ。

あわてて見にいくと、掃除が適当なのか、浴室の床がびっしょり濡れている。しかも湯垢のついた浴槽には、髪の毛が何本か貼りついていた。

「もう最低――」

と彼女は溜息をついて、

「こんなとこに泊まるくらいなら、車で寝たほうがましやったわ」

それをどうにかなだめて、途中のコンビニで買った弁当で、遅い夕食をとった。

だが部屋が臭いのと蒸し暑いのとで、食欲が湧かない。

半分も食べないうちに、ふたりとも箸を置いた。

この部屋で唯一の娯楽といえるテレビは、ちいさいうえに、どのチャンネルも砂嵐がかぶさったようで映りが悪い。

なぜかアダルトチャンネルだけはまともに映るが、こちらは映像そのものが異様に古い。緑色の膜がかかったような画面のなかで、素人らしい中年の男女がもつれあっている。あまりの醜怪さに呆れて観ていると、彼女がリモコンをひったくった。

ふたりは気まずい雰囲気のまま、早々とベッドに入った。

ベッドの上のコントロールパネルは煙草の焼け焦げだらけで、有線らしいボタンを押すと、くぐもった演歌が聞こえてくる。しかしほかのボタンは壊れていて、選曲はできなかった。

彼女は、シーツをかぶって背中をむけている。こんな場所では気分がでるはずもないが、なけなしの金を払って泊まったホテルである。

Cさんはおずおずと事におよぼうとしたが、

「――厭よ」

彼女はにべもなくいって、ベッドの横を指さした。

そこは壁の一部が横長い鏡になっている。昔は気の利いた装飾だったのだろうが、いまは迷惑以外のなにものでもなかった。部屋を暗くすれば気にならないだろう、とCさんは粘ったが、彼女はかたくなに拒む。

しばらく押し問答を続けたあと、Cさんもふて腐れて、背中あわせに寝た。

深夜、Cさんは喉の渇きで眼を覚ました。

しかしコンビニで買った呑みものは空になっている。

仕方なく冷蔵庫を開けると、いつのものとも知れないコーラと、耳慣れないメーカーの缶コーヒーが一本ずつあるだけだった。瓶が粉を吹いたようになったコーラを呑んでいると、不意にぞくりとした。

部屋に入ったときはあんなに暑かったのに、いまは鳥肌が立つほど寒い。

Cさんはエアコンを止めて、ベッドにもぐりこんだ。

彼女はあいかわらず背中をむけたまま、寝息をたてている。急に切ない気分になって、彼女の肩を抱き寄せようとしたとき、ぎょっとした。

壁の鏡に彼女の顔が映っている。その眼が開いている。

「なんだ、起きてたのか」

動揺を隠していうと、彼女は無言で鏡を指さした。

首をかしげてそこを覗きこんだとき、鏡のむこうから、みしり、と音がした。

思わず跳ね起きたとたん、みしみしッ、とさっきより大きな音がした。

誰かがあわてて隠れたような音だった。

Cさんは枕元にあったライターの火をつけると、鏡に近づけた。

「そうすると、マジックミラーかどうか、わかるっていうじゃないですか」

しかし、なにもわからなかった。Cさんは照明を最大に明るくして、

「そこに誰かおるんかッ」

鏡にむかって声を荒らげた。

だが、それきり鏡のむこうからは、なんの音もしない。

ふと浴室から、ぴちゃぴちゃぴちゃ、と水のしたたる音がした。ただの水漏れだと思ったが、見にいく気はしなかった。

彼女はおびえきって、肩を震わせている。彼女がいうには、しばらく前から鏡のむこうで妙な音がしていたらしい。

フロントへ文句をいおうかと思ったが、なにも証拠がないし、チェックインしたときの接客態度からして、埒があきそうにない。

「――もう、でようか」

Cさんもうんざりしていうと、彼女は救われたようにうなずいた。

急いで服を着はじめたとき、突然、照明が暗くなった。

「もう厭だッ」

彼女が叫んだ瞬間、ぶうん、と音がしてテレビの電源が入った。肌色のぼかしをまんなかに、白人の男女が耳障りなあえぎ声をあげている。

彼女は耳を覆って、ベッドにしゃがみこんだ。

必死で照明のつまみを上下していると、いくぶん部屋は明るくなった。

Cさんはテレビの電源を叩きつけるように切ると、フロントに電話した。

だが、しばらくコールしてもつながらない。そのまま部屋をでようにも、ドアは外からロックされていた。

彼女はとうとう泣きだして、Cさんは途方に暮れた。そのあいだも照明は、いまにも消えそうに、ちらちらと明滅していた。

三十分近く経って、ようやくフロントへ電話がつながった。

怒鳴りつけてやろうと息を吸いこんだとき、受話器から聞こえてきたのは、無愛想な男の声だった。とっさに意表を突かれて、文句をいいそびれた。

フロントにいって、鍵とコーラ代を置くと、穴のなかから毛むくじゃらの太い腕が伸びてきた。それを見て、またぎょっとした。


ホテルをでると、もう夜が明けかかっていた。

Cさんは、ふと車を停めて、いままで自分たちがいた部屋を振りかえった。

そのとき、あることに気づいた。

「ぼくらがいたのは角部屋でした。間取りからいうと、鏡のむこうは外壁なんです」

つまりベッドの横の鏡のむこうには、ひとが隠れるようなスペースがない。ならば、さっきの物音はなんだったのかということになる。

けれども外壁を見ただけでは、実際の奥行きはわからない。

古いラブホテルや旅館には、二重壁や隠し部屋があっても不思議はない。施主の依頼でそういう設計をしたという建築士に逢ったこともあるし、ホテルの経営者からも似たような話を聞いた。

極端な例をあげると、知人が仕事の打ちあわせにいったホテルは、全室に隠しカメラを設置してあったという。

そのことをいうと、Cさんはやや不満そうな顔で、

「あとで知りあいに聞いたら、あのホテルにいるっていうと、デリヘルにも断わられるそうです」

絶対なんかいますって、といった。

白光

福祉関係の会社に勤めるNさんの話である。

Nさんは数年前から奥さんと別居して、アパートでひとり暮らしをしていた。

その部屋へ、友人のAさんという男性が転がりこんできた。

わけを訊くと、奥さんと喧嘩をして自宅に居づらくなったので、しばらく泊めてくれという。その頃住んでいたアパートは広くて部屋が余っていたし、ひとり暮らしに退屈していたところでもある。

Nさんは Aさんの申し出を快諾し、その日から男ふたりの生活がはじまった。

ふたりとも酒と博打《ばくち》が大好きとあって、仕事帰りや休日には、連れだって呑みにいったり、パチンコや競輪競馬にいく。

学生時代にもどったような、自堕落だが楽しい日々が続いた。

ところがある休日、いつものように競馬へいった帰り、

「ひさしぶりに娘と遊んじゃろう」

Aさんが、ふと思いついたようにいって、夕方から自宅へ帰った。といって、奥さんとよりがもどったわけではないから、夜にはNさん宅に帰ってくるはずだった。

ところが深夜になっても、Aさんは帰ってこない。

あるいは、もとの鞘《さや》におさまったのかと思っていると、翌日、共通の友人から電話がかかってきた。その友人によれば、Aさんが仕事を無断欠勤しているという。

驚いてAさんの携帯電話に電話したが、つながらない。続いて自宅に電話すると、けさはふつうに仕事へいったという返事だった。

ほかの友人たちも心配してAさんの行方を捜したが、どこへいったのか、誰にも見当がつかなかった。

その夜、Nさんが布団に入ってうとうとしていると、部屋のなかに誰かがいるような気配がした。はじめはAさんが帰ってきたのかと思ったが、それにしてはドアが開く音もしなかった。

不審に思って目蓋を開いたとたん、ぎょっとした。

白い靄《もや》のような光が、ふわふわと布団の上を漂っている。

驚いて飛び起きると、たちまち白い光は消えた。そのときは気のせいだろうと思っていたが、翌日の夜もまったくおなじ現象が起きた。

布団に入って、うとうとする。妙な気配に目蓋を開ける。布団の上に白い光がある。

そんなことが一週間近く続いた。

さすがに異常を感じたが、過去にそんな経験のないNさんはどうしていいかわからない。毎晩寝るのが怖くなって、睡眠不足になった。

その頃になっても、あいかわらずAさんの行方はわからなかった。


その朝、Nさんは九時半に眼を覚ました。

会社の定時は八時だから、完全に遅刻である。目覚まし時計は鳴ったはずだが、日頃の睡眠不足のせいか、無意識に止めたらしい。

あわてて身支度をしていると、電話が鳴った。

相手はAさんの奥さんで、彼の車が見つかったという。Nさんは仕事を休むと会社へ連絡をして、友人たちと一緒に現場へむかった。

Aさんの車が停まっていたのは、山の中腹にある道路だった。場所が場所だけに、Nさんたちは最悪の場合を覚悟した。

だが車内には漫画雑誌が一冊あるだけで、遺書のたぐいはなかった。

やがて警察が到着して、付近を捜索することになった。ちょうど車のそばに細い山道があって、その先にAさんがいる可能性が高いと思われた。

一行は警察官ふたりを先頭に、山道をのぼった。初夏のことで、山道の両側は深い藪に覆われ、あたりの木々からは蝉《せみ》の声が降ってくる。

汗をかきながら急な勾配《こうばい》をのぼっていくと、Nさんは不意に妙な衝動に駆られた。

「なんちゅうたらええかわからんのですが、足が勝手に動いたんです」

気がついたときには、友人たちとともに道路脇の藪へ足を踏みこんでいた。しかし脇道があるわけでもない、ただの藪である。

みずからの行動に当惑しつつ振りかえると、警察官と奥さんはこちらに気づかぬようで、もとの山道をのぼっていく。

けれどもNさんたちはひきかえす気にならず、そのまま藪のなかを進んでいった。

なにかに憑かれたように、生い茂る草をかきわけていくと、枝が二股にわかれた大きな木があった。

Aさんは、そこで首を吊っていた。


その後、Nさんは警察の事情聴取を受けたが、Aさんの死について思いあたるふしはなかった。Aさんの奥さんも同様で、自宅をでるときも特に変わった様子はなかったと証言した。

結局、自殺の原因はまったくわからなかった。

Nさんたちが、なぜ藪の奥深くにいるAさんを発見できたのかもわからない。みな一様に、そっちへ足がむいたというだけだった。

検死の結果、Aさんの遺体は死後一週間が経過していた。

つまりAさんは自宅をでた日に命を絶ったことになるが、Nさんが最初に白い光を見たのも、その夜である。

それに気づいた瞬間、アパートにいるのが無性に怖くなった。

Nさんは居心地が悪いのは覚悟のうえで、ひさしぶりでわが家へ帰った。しかし奥さんとは、やはりうまくゆかずに、一週間ほどでアパートへもどった。

部屋には、Aさんの衣服や私物がそのままになっている。それらを片づけるのも憂鬱な作業だったが、さらに気が滅入るのは夜だった。

例の白い光こそあらわれなかったが、妙な気配は一層濃くなった。

あきらかにAさんが部屋のなかにいる。

何度となくそんな感じがして、鳥肌が立った。

「でてくるなら、でてこい。でも、あのときの恰好ででるなよ」

Nさんは恐怖をまぎらわすように、ひとりごとをいった。しかし濃厚な気配がするだけで、Aさんが姿をあらわすことはなかった。

「おれがおらんようになったら、あいつがさびしがるかと思ったんですが、やっぱりあそこで暮らすのは無理でした」

現在、Nさんはべつのアパートに住んでいる。

ままごと

Nさんの会社は、紙おむつや床まわり用品、車椅子や介護用ベッドといった福祉用具のレンタルや販売をおこなっている。

Nさんが担当している在宅介護の家庭に、Fさんという老人がいた。

Fさん宅は、奥さんが寝たきりだったが、夫のFさんがひとりで世話をしていた。

つまり老老介護である。

しかしFさんも七十なかばで、軀も弱っている。周囲は奥さんを入院させるか、せめてヘルパーを雇うよう勧めるが、若い頃は腕利きの職人だったという彼は、他人の意見に耳を貸さない。

「こいつには、若いときに苦労をかけたけん」

と、あくまで自分が介護するのにこだわっていた。

Nさんがはじめて Fさん宅を訪れたとき、奥さんは軀こそ不自由なものの、意識ははっきりしていた。

だが、ある時期から急速に衰弱して、要介護度五という最重度の要介護状態になった。認知症の症状も烈しく、終日ひとりごとをいうようになり、排泄物も垂れ流しになった。

ある日、奥さんはベッドの上で、粘土のようなものをいじっていた。

Fさんがなにかと思って覗きこむと、それは便で作られた人形だった。自分の排泄物に触れたり口に入れたりする、弄便《ろうべん》と呼ばれる症状である。

奥さんがそんな状態になっても、Fさんはひとの手を借りるのを拒んだ。

けれどもある日、Fさんは転んだ拍子に腰を傷めて、一時的に介護が困難になった。Fさんはやむなく奥さんを入院させ、自分は自宅で療養することにした。

奥さんが入院した際、Nさんは介護用ベッドの回収を提案した。

「介護用ベッドは基本的にレンタルなんで、使ってなくても料金がかかるんです。だからいったん会社にひきあげて、奥さんが退院されてから、また貸しだしたほうが負担がすくないと思ったんですけど——」

だがFさんは、Nさんの申し出を拒んだ。

「このベッドをかえしたら、あいつがもどってこんような気がするけ」

Nさんは了解して、では奥さんがもどってくるまで、Fさんがベッドを使ったらどうかといった。

介護用ベッドは電動式のリクライニングで、寝起きも楽である。腰を傷めているFさんにはちょうどいい。Fさんも納得して、さっそく試してみようといった。


それからしばらく経って、Fさん宅を訪れると、

「Nさん、デイがきた」

いつになく興奮した面持ちで、Fさんがいった。

「デイっていうから、デイサービスにいったんですかって訊いたんです」

しかしFさんは首を横に振って、デイ、デイ、と繰りかえす。よく聞いてみると、レイが訛《なま》っているのだとわかったが、それはそれで意味不明である。

「とうとうFさんまで、おかしくなったかなって思いました」

だが、Fさんは興奮がおさまると、いつもの口調にもどって、

「うちの家内が、なんであんなになったんか、わかったよ」

と真剣な顔で語りはじめた。


Nさんが、前にFさん宅を訪れた日のことである。

夜になって、FさんはNさんに勧められたとおり、介護用ベッドで寝ることにした。

奥さんの部屋で、ベッドで横になっていると、

「あそぼ」

不意に女の子の声がした。驚いて眼を開けた瞬間、

「あそぼ」

と耳元に息がかかった。

とたんに冷水を浴びせられたような心地がして、ベッドから跳ね起きた。あわてて部屋の明かりをつけたが、どこにもそれらしい姿はない。

壁の時計を見たら、午前二時だった。

そのときは、幻聴に思えた。慣れない場所で寝たせいで、神経が疲れていたのだろうと解釈した。

だが翌日の夜も、女の子の声で飛び起きた。時刻は、昨夜とおなじ午前二時である。

怖くないわけではなかったが、Fさんは気丈な性格である。正体をつきとめてやろうと、毎晩奥さんの部屋で、介護用ベッドに寝ることを続けた。


その夜、Fさんは眠れずに深夜まで起きていた。

やがて、いつもの時刻になったとき、

「あそぼ」

と耳元で声がした。

とっさに眼をやると、ちいさな女の子が枕元に立っていた。

暗くて顔はわからないが、小学校の低学年くらいに見える。

ぞくッ、と寒気がして、全身に鳥肌が立った。

明かりをつけようと思ったが、いくら力んでも軀が動かない。

女の子は、Fさんの耳に口を寄せて、

「Fのおばあちゃん、あそぼ」

といった。

「家内はあの子と遊んどったんやって、Fさんはいうんです。便をこねたりするんも、あの子とままごとしよったんやって――」

Nさんが奥さんの部屋を覗くと、壁の四隅に御札が貼ってあった。

その後、Fさんは、知りあいの寺に頼んで、お祓いをしてもらったらしい。だが、それからまもなく、Nさんは人事異動でFさん宅の担当からはずれた。したがって、お祓いの効果があったかどうかはさだかでない。

先日、Nさんに聞いたところでは、Fさんは最近亡くなったという。

フィッティングルーム

ラーメン店を経営するMさんの話である。

Mさんは十年ほど前、衣料品の量販店で働いていた。

閉店後、商品の整理をしていると、三つならんだフィッティングルームのカーテンが、しゅッ、しゅッ、しゅッ、と順番に閉まっていった。

驚いてなかを覗いたが、当然のように誰もいなかった。

「それだけのことなんですが――」

とMさんはいった。

運転手

主婦のSさんの話である。

Sさんは結婚する前、スナックで働いていた時期がある。その頃、仕事の行き帰りは、すべてタクシーを使っていた。

帰りはママか、ホステスたちと相乗りして帰ることが多かったが、行きはひとりでタクシーに乗った。だが当時住んでいたマンションに、車を呼んだりはしなかった。女のひとり暮らしだけに、自宅を知られたくない。したがって、マンションからすこし離れた通りにでて、そこからタクシーを拾う。帰りも同様で、マンションのだいぶ手前で車をおりて、徒歩で部屋に帰るのが習慣だった。

郊外のせいか、通りで客待ちをしているタクシーは、いつもおなじ会社の車だった。運転手もほとんどおなじ顔ぶれで、痩せた初老の男か、小肥《こぶと》りの中年男のどちらかだった。毎日乗るうちに、ふたりとも顔見知りになったが、初老の男は寡黙《かもく》で、あまり喋らない。中年男は反対に饒舌《じょうぜつ》で、なにくれとなく話しかけてくる。

「すごく変わった名字で、××っていうんです」

仮にRとしておくが、彼とは趣味がパチンコと共通していたせいで、はじめはうまがあった。出勤の道すがら、どの店がでるとか、なんの台がおもしろいとか、他愛のない会話を楽しんだ。


ある夜、Rのタクシーで仕事にむかっていると、彼はふと思いついたように、

「このあいだ、男性と歩いてましたね。ほら、あのへん――」

と、ある町名を口にした。

ええ、と曖昧《あいまい》に答えると、Rはなおも、

「ずっと前も、似たような感じの男性とおられましたね。えーと、いつだったか」

どちらも一緒にいたのは当時の彼氏だったが、詮索されているようでわずらわしかった。黙っていると、すぐにパチンコの話題を振ってきた。

だが何日かして、またRの車に乗ると、

「きのうは勝ちましたか」

唐突に訊いてきた。

前日は休みで、彼氏とパチンコにいっていた。それを見かけたのだろうと思いつつ、トントンよ、と答えた。

「たしか、××番台で打たれてましたよね」

なぜ、ひとが打っている台の番号まで、おぼえているのだろう。

すこし不気味に思ったが、そのときもそれで終わった。

それから何週間か経った夜のことである。

Rのタクシーに乗って、Sさんは店のそばまできた。自宅とおなじように勤務先も知られたくないから、いつも店の手前で車をおりる。

じゃあここで、と車を停めて、料金を払ったとき

「きのうは大丈夫でしたか」

とRが訊いた。

とっさに意味がわからず、返事に詰まっていると、

「お店の前でしゃがんでたじゃないですか。だいぶ気分が悪そうだったけど——」

「なんで知ってるの」

思わず声が高くなった。ゆうべは呑みすぎて、店をでたとたんに吐きそうになった。しかし誰かに見られたおぼえはない。

「遅い時間は、このへんも流すんですよ」

Rはこともなげにいった。

その日から、SさんはRのタクシーに乗るのを避けるようになった。

面倒だが、べつの通りにでて、Rが乗っているのとはちがう会社のタクシーを拾うことにした。

けれども家が近いだけに、Rのタクシーを見かけたり、すれちがったりするのも珍しくない。即座に顔をそむけるが、ときおり眼があってしまうこともある。

仕方なく会釈すると、Rも笑顔をかえしてくる。その顔が、なんとなく怖い。自分の車に乗らなくなったのを怒っているように思える。

ある夜、店から帰って、部屋で一服していると、マンションの下でクラクションが鳴った。しかし誰もでていく様子はなく、何度もクラクションが鳴る。

特に約束はしていないが、ひょっとして彼氏でもきたのか。

気になってベランダから下を覗くと、タクシーが停まっている。

その横で、Rがこちらを見あげていた。

ぎょっとして顔をひっこめたが、心臓がはち切れそうになっていた。マンションの誰かが呼んだので、偶然だろうと思ったが、住まいを知られたのは不安だった。

不安を裏づけるように、それからマンションの近くで、頻繁にRのタクシーを見かける。といって、なにか危害を加えられたわけでもない。

彼氏にいうと、自意識過剰だと笑われた。

Sさんは落ちつかない気分で毎日をすごした。けれども危惧したような事態は起こらず、ある時期からRのタクシーは見かけなくなった。


その夜、Sさんは店がはねてから、客と食事にいった。

食事のあと、家まで送るという申し出を断って、コンビニに寄った。

買物を終えて歩いていると、ならびかけるようにタクシーが寄ってきた。さっきの客でも乗っているのかと思ったら、するすると窓が開いて、Rが顔をだした。

「ひさしぶりですね」

とRは微笑した。

一瞬どきりとしたが、酒が入っていたせいで、それほど怖くなかった。

あら、と会釈して行きすぎようとしたが、あのう、とRは続けて、

「実は、今月で運転手を辞めて、商売をすることになりました」

「へえ、なんの商売」

愛想のつもりで訊くと、意外にもスナックだという。

「乗っていかれませんか。いまから営業所へいくんで、メーターはあげときますよ」

Rが誘うのを、Sさんはやんわり断って歩きだした。

あとをついてきたらどうしようと思いつつ、ちらりと脇を見たら、もうRの車はいなかった。やはり考えすぎだったのかと、すこしうしろめたい気がした。

何か月か経って、ひさしぶりにRが勤務していた会社のタクシーに乗った。

「こんばんは」

声をかけられて、バックミラーを見ると、以前よく乗っていた初老の運転手だった。

「そういえば、Rさんはスナックをはじめたんでしょう」

ふと思いついて訊くと、運転手は、ぎょっとした顔で振りかえった。

「誰から聞いたんですか」

「誰って、本人から」

運転手はしばらく黙っていたが、やがて息を吐きだすように、嘘ですよ、といった。

「あいつは借金で首がまわらなくなって、自殺したんです」

Sさんは顔から血の気がひくのを感じながら、

「――自殺って、いつ」

運転手が口にしたのは、ちょうど食事の帰りにRから声をかけられた時期だった。

しかし正確な日付まではわからなかった。

「ふつうに考えたら、死んだのは、逢ったあとだと思うんですけど――」

どちらにせよ、知りたくないとSさんはいった。

I峠

I峠といえば、もはや仮称にするのが野暮《やぼ》に感じられるほど、名高い心霊スポットである。はじめてI峠に関する噂を聞いたのは、私が高校生の頃だった。

その時点で、怪異の中心である旧道のトンネルには見物人が絶えなかったようだから、心霊スポットとしての歴史は長い。

もともと交通事故の多発区域だったが、その後もトンネル内で男性が焼き殺されたり、付近のダムで女性の屍体が遺棄されたりと、噂を増幅するような事件が相次いだ。場所が事件を呼び寄せる、という考えかたはべつにして、怪異が起こるといわれる場所に集うひとびとが、怪異の原因を生みだしているのは因果な話である。

そういう私も因果なことに首を突っこみたくなるたちで、過去に何度かI峠を訪れている。私が現地にいったときには、なんの怪異もなかったが、高校の同級生には異様な体験をした者もいる。

そのへんについては、べつのところでも記したので、詳細は省く。

起きたことだけを簡単に書くと、ある同級生はI峠へいった帰りに烈しく錯乱し、その夜、自宅が原因不明の火事になった。べつの同級生は旧道のトンネルで若い男の幽霊を目撃し、数日後、脳を三分の一失うという事故に遭った。旧道のトンネルは現在封鎖されているが、当時は自由に出入りできた。

いずれも三十年近く前の出来事であるが、おもに地元で怪談を蒐集《しゅうしゅう》するなかで、いちばん耳にするのは、いまだにI峠がらみの話である。もっとも最近は怪談本や都市伝説の影響か、類型化したものもよく耳にする。

I峠へいったら車の窓に手形がついていた、とか、なにかの事情でトンネルに取り残された友人が精神に異常をきたした、といった話である。

これから記すふたつの話も、それほど新味があるわけではない。

ただ前述の同級生のように、I峠から帰ったあとで、災厄に遭うというパターンが共通している。何年か前にもI峠の帰りとおぼしい若者たちが、交通事故で死傷する痛ましい事故があった。

なにかを持って帰るというような表現はしたくないが、I峠にはその手の話が多い気がする。

現在バーに勤めるAさんは、数年前の夜、友人たちとI峠へドライブにいった。

旧道のトンネルはもちろん、そこへ続く道も車が進入できないよう封鎖されているが、見物に訪れる連中の多くは、柵の手前で車を停めて、歩いて峠をのぼる。

Aさんたちも同様の手段で、旧道のトンネルにたどり着いた。

当時の彼は、I峠にまつわる噂を微塵《みじん》も信じていなかった。したがって、あたりをうろついても、さっぱり怖くなかった。

「なんかおるんやったら、でてこいッ」

それなりにおびえている友人を尻目に、大声をあげて騒いだ。

けれども当然のように、なんの変化もない。

迷信だなんだとさんざん悪態をついて、I峠をあとにした。

その夜はなにごともなかったが、翌日、眼を覚ますと、やけに軀がだるかった。

すうすうと寒気もするので、風邪かと思って薬を呑んだ。

しかし何日か経っても、風邪のような症状はいっこうに治らない。そのうち眼の下に、隈《くま》ができはじめた。隈は日増しに濃くなって、黒い痣《あざ》のようになった。

「どうしたんや、それ」

その頃勤めていたパブの同僚は口々にいった。

不安になって病院へいったが、疲労だろうといわれただけで、原因ははっきりしなかった。

ある夜、閉店後に、何人かの従業員たちが怖い話をはじめた。

Aさんは、さして関心もなく、遠巻きに耳を傾けていた。

すると不意に社長がきて、やめろ、と怒鳴った。

「そういう話をすると、変なものが集まってくるんや」

社長はむっとした顔で、従業員たちを見まわしていたが、ふとAさんの顔を見て、

「――おまえ、なんかに取り憑かれとるんやないか」

と首をかしげた。従業員の誰かが、AさんがI峠にいったことを告げると、社長は納得したようにうなずいた。

後日、社長は知りあいの祈祷師のもとへ、Aさんを連れていった。祈祷師に塩をまかれた瞬間、すさまじい脱力感があって、涙があふれだした。

お祓いのあと、Aさんの体調は回復したが、以来一転して、そういうものを信じるようになったという。

飲食店に勤めるRさんの話である。

彼女は大学生のとき、彼氏を含む同級生四人でI峠にいった。車は彼氏が運転していたが、四人でいったのには理由があるという。

「車に空いた席があると、幽霊が乗ってくるっていうんです」

過去にそんな噂を聞いたことはないから、最近になって生まれたルールらしい。

ほかにもいくつか禁止事項があるが、白い車に三人でいくのが、もっとも怪異に遭遇する率が高いという。

Rさんたちは旧道のトンネルまでいって、不気味な雰囲気を堪能した。

しかし不気味なだけで、なにも怪しいことは起こらない。夏の夜とあって、周辺には暴走族が多く、幽霊のたぐいより、そちらのほうが怖かったという。

ところが、そろそろ帰ろうかという段になって、Ｒさんの携帯電話が鳴りだした。

「でもＩ峠に着いたときには圏外だったんです」

しかも着信は非通知だった。

恐る恐る通話ボタンを押したが、相手は無言で電話を切った。とたんに怖くなって、四人は大急ぎで退散した。

同級生のふたりは家に帰ったが、ひとりでいるのが厭だったＲさんは、彼氏を引きとめて、アパートの部屋でテレビを観ていた。

午前二時をまわった頃、玄関のチャイムが鳴った。

いったい誰がきたのかと思いつつ、ドアスコープを覗くと、若い男のようなうしろ姿が見えた。白っぽいシャツで、髪にはパーマをかけている。

けれども知人に、そんな恰好の者はいない。

Ｒさんは、ぞっとして、彼氏に見てくれるよう頼んだ。

彼氏はしぶしぶ腰をあげて、玄関にいったが、すぐにもどってきた。

「誰もおらん。おおかた部屋をまちがえたんやろ」

彼氏の言葉に、ほっとした瞬間、照明が消えた。テレビも当然電源が落ちて、部屋のなかは真っ暗になった。とっさにRさんは彼氏にしがみついた。

彼氏は停電だろうといったが、窓の外を見ると、近所の家には明かりがついている。

ブレーカーを調べようとしたとき、不意に照明がついた。


明け方近くなって、彼氏はバイトが早いからと腰をあげた。まだ一緒にいて欲しかったが、あまり怖がるのも子どもじみているようで黙っていた。

彼氏が帰ったあと、Rさんはシャワーを浴びた。

「なんか怖い気分のときって、髪を洗うのがいちばん厭なんですけど――」

翌日は自分もバイトがあるし、長いあいだ外を歩いたせいで汗を流したかった。

Rさんは怖いことに意識がむかないよう、努めて楽しいことを考えた。

けれども前髪を垂らしてシャンプーを泡だてていると、背筋がぞくぞくしてきた。

湯が流れ落ちる音や換気扇の音に混じって、なにかが聞こえたような気がする。

いま照明が消えたら、心臓が停まるのではないか。

そんなことを考えるうちに、ますます厭な想像がつのって、浴室のそばに誰かがいるように思えてきた。

やがて緊張が極限に達したとき、Rさんは我慢できずに顔をあげた。シャンプーが沁みるのもかまわず目蓋を開けると、引戸のすりガラスに、ひとの顔が張りついていた。

ぎゃッ、と悲鳴をあげた瞬間、戸が細めに開いて、

「おれも見た」

と彼氏が真っ青な顔を覗かせた。


彼氏によれば、アパートに帰ったら、髪にパーマをかけた白いシャツの男が部屋の前に立っていた。男は、Rさんが見たのとおなじように背中をむけていた。

それが怖くて部屋に入れず、引きかえしてきたという。

ふたりは、それから一睡もできなかった。

彼氏は、自分のアパートに帰る前とは打って変わって、ちょっとした物音にもおびえるようになった。

幸いなにも起きなかったが、朝になってRさんは首をかしげた。

「彼氏がいったん帰ったあと、怖いから、ちゃんと玄関の鍵は締めたんです」

しかし彼氏に訊くと、Rさんの部屋にもどったときには、鍵が開いていたという。

夕方の釣り

フリーターのYさんの話である。

彼の祖父が、ある時期から夕方になると、近くの川へ釣りにいくようになった。

もともと川釣りが好きだったので、はじめは家族も気にしていなかった。

けれども雨風の強い悪天候の日にも、平気な顔ででかけていく。

いったん釣りへいったら、帰ってくるのは夜だから、さすがに心配になった。

「きょうはあぶないけ、外へでなさんな」

と家族がいっても耳を貸さない。

ふだんは温厚な祖父が、釣りのことになると血相を変えて怒る。しかし、さほどの釣果《ちょうか》があるわけでもなく、どうしてそこまで執着するのかわからない。

ある日の夕方、いつものように祖父が釣りへでかけると、

「なんかおかしい」

祖母があとをつけていった。

あたりが暗くなった頃、ふたりはいがみあいながら帰ってきた。どうやら祖母が、強引に祖父を連れ帰ったようだった。

だが翌日も夕方になると、祖父は釣りへいこうとする。祖母は玄関に立ちはだかって、それを阻止した。しばらくいい争った末、祖父が折れた。

そうしたことが何日か繰りかえされて、祖父はぴたりと釣りへいかなくなった。

それまでの執着が嘘のようで、家族は首をひねった。


後日、祖父の釣りをやめさせた理由をYさんが訊くと、

「あんまり、ひとにいうたらいかんよ」

祖母によれば、祖父のあとをつけていったとき、変なものを見たという。

「釣りをしているじいちゃんの横に、白い女がぼうっと立っていたっていうんです」

それを見た瞬間、人間ではないとわかった。

祖母は、もともとそうしたものに関心はなかったが、これはだめだと思った。

このままでは祖父が連れていかれる。そんな気がして、釣りをやめさせたという。

あとでわかったところでは、過去にその川で事件があった。

ある男が女性を殺害してから川に捨てたが、遺体が流れついたのが、ちょうど祖父が毎日釣りをしていた場所だった。

「じいちゃんの件と関係あるかはわかりませんが――」

とYさんはいった。

リネン室

ブティックに勤めるTさんの話である。

一昨年《おととし》、彼女の叔父が末期癌《がん》で危篤状態になった。

夜、入院先の病院へ身内が駆けつけると、ほどなく叔父は息をひきとった。

叔父が寝かされていたのは、ICUのそばにある病室だった。隣室にはやはり危篤の患者がいて、家族があわただしく出入りしている。

叔父の臨終をみとったあと、すこしして隣室からお経が聞こえてきた。

「ああ、お隣も亡くなったんだな」

とTさんは思ったが、家族が経を唱えるとは珍しい。病室に僧侶を呼ぶはずもないから、寺の関係者が身内にいるのかと思った。

やがて看護師が入ってくると、湯灌《ゆかん》をするから、いったん病室をでるようにいった。

念のために書いておくと、湯灌とは遺体をアルコールで消毒したり、汚物が洩れないよう耳や鼻や口などに脱脂綿を詰める作業である。

Tさんたちは廊下にでて、看護師の作業が終わるのを待った。ふと耳を澄ますと、いつのまにかお経がやんでいる。

なにげなく隣室を窺ったとき、Tさんは首をかしげた。開いたドアのむこうでは、家族と一緒に、医師や看護師がベッドに付き添っている。

「要するに、まだ危篤の状態で、亡くなってはいなかったんです」

すると、さっきのお経はなんだったのか。

病室の間取りを思い浮かべて、Tさんは自分の勘ちがいを恥じた。考えてみれば、お経が聞こえてきたのは、危篤の患者がいる病室とは反対側の壁だった。

それで納得しかけたが、すぐに次の疑問が湧いた。

では、お経が聞こえてきた壁のむこうには、なにがあるのだろう。

急いで見にいくと、叔父の病室の隣にはリネン室と表示がでている。

Tさんは恐る恐るリネン室のドアを開けてみた。しかしお経を唱えるような人物がいるはずもなかった。

「あんまり怖くない話ですけど、たしかにお経は聞こえたんです」

Tさんは申しわけなさそうにいった。

たしかにこれだけなら、さして怖い感じはしない。

けれども、その病院のリネン室には、もうひとつ話がある。

私事で恐縮だが、私は五年前に本書と同種の怪談集を上梓《じょうし》している。その本に収録を見送った話のなかに、おなじ病院のリネン室が登場する。

いったんは目次にまで入れたのだが、地味な話だったのと、編集中に適当な話が取材できたので、それと入れ替えた。

幸い当時の原稿が残っていたので、読みかえしてみると、Tさんの体験と微妙に符合する。加筆して、ここに収録してみたい。

看護師をしているNさんの話である。

ある夜、彼女の後輩の看護師が、入院患者の布団《ふとん》をとりにいった。

ところが、いつまで経っても、もどってこない。

心配になったNさんは、後輩を捜しにリネン室へいった。
部屋の前で声をかけたが、返事がない。
ドアを開けて、なかを覗くと、後輩は部屋の隅にうずくまっていた。
なにがあったのか、真っ青な顔で震えている。
Nさんは後輩を抱きかかえて、ナースステーションにもどった。

「なにやってんの」

ようやく落ちついた後輩は、次のような話をした。
リネン室へいくと部屋のなかから、ひそひそと話し声がする。
不審に思いながらドアを開けたが、誰もいなかった。
気のせいかと思いつつ、後輩は部屋に入った。
とたんに、ばーんッ、と烈しい音をたてて、背後でドアが閉まった。
廊下には風もないのに、そんな閉まりかたをするのが不気味に思えた。
ためしにドアノブをまわしてみたら、固まったように動かない。むこう側で誰かが
ドアノブを握っているような感触だった。

後輩は両手でドアノブを握ると、渾身《こんしん》の力をこめたが、びくともしない。

たまりかねて、大声で助けを呼んだ。

しかしナースステーションまで聞こえる距離ではない。それどころか、またひそひそと話し声が聞こえるような気がする。

それを聞くのが怖くて、耳をふさいでうずくまっていたという。

白い眼

料亭を経営しているOさんの話である。

二十年ほど前、Oさんは大阪の料亭で働いていた。その頃には、すでに一人前の板前で、店での立場は大将の次だった。

あるとき、神戸の支店から、Sという若い男が派遣されてきた。支店ではひとが余っているから、本店の大阪で使ってやってくれという。

Sは二十代の前半で、まだなんの技術もない下働きだった。この業界でいうところの「追いまわし」で、掃除や洗いもの、食材の下ごしらえなどが仕事である。

Sは、さっそくOさんたちの下で働きはじめた。仕事はひととおりこなすが、陰気な性格で誰ともなじまない。

Sのほかに追いまわしの若者は三人いて、彼らは四人でひとつの部屋に住んでいる。

つまり住み込みであるが、そうしたおなじ立場の者とも交わろうとしない。

「その子がおると、なんか空気が湿っぽくなるような感じがしました」

仕事をしているときに、はっとして背後を見たら、Sがいる。

そんなことがしょっちゅうある、と仲間うちで噂になった。


ひと月ほど経って、追いまわしの若者たちが、Sの態度を不審がりだした。

Sは毎晩、みんなが寝静まった頃にしか帰ってこないという。

店がはねたあと、追いまわしの三人はまっすぐ帰るのに、Sだけはひとりどこかへでかけていく。たいして小遣いもないはずだが、なにをしているのかわからない。

「悪いことでもしとったら事や」

ある夜、大将は、追いまわしの若者たちに命じて、Sのあとをつけさせた。

翌日、彼らの報告を聞いて、大将は首をかしげた。

Sは、深夜まで街を歩きまわっていた。なにを買うでもなく、どこの店に入るでもなく、あっちこっちをふらふらするだけだったという。

意味不明な行動だが、下手に咎めてSを刺激するのも好ましくない。

しばらく様子を見よう、と大将はいった。

ある日、開店の準備をしていたとき、大将は不意に視線を感じた。あたりを見ると、厨房でSが仕込みをしていた。しかしSは横をむいているから、大将を見ているわけではない。それなのに、Sから強い視線を感じる。

「黒眼はよそをむいとるんやけど、白眼でこっちを見よるんや」

のちに大将はそういったという。

その夜は、ずっとSに見られているような気がして、落ちつかなかった。むろん面とむかって見ているのなら文句もいえるが、眼の焦点はちがう方向にある。閉店後、大将はタクシーで自宅へむかったが、その頃になっても誰かが見ている気がする。といって、Sがついてきているわけでなし、どうしてそんな感じがするのか見当がつかなかった。

わが家に帰っても、妙な気配は去らなかった。

誰かが自分を見ている。しかしなにかにさえぎられて、こちらに近づけない。なぜかそんな感触があった。

やがて奥さんが、妙なことを口にした。きょうの夕方、急に菩提寺《ぼだいじ》の住職がきて、長いあいだお経をあげていったという。

大将の家はその寺の檀家《だんか》であるが、べつに法事の日ではないし、住職がきた理由がわからない。しかも前もって電話もなく、あわてて駆けこんできたらしい。

奥さんはとまどったが、断るに断れなかったといった。

住職がきたのは何時かと訊くと、奥さんは、ちょうど六時だったと答えた。

六時といえば、ちょうど開店の準備をしていたときである。

大将は、Sの白眼を思いだして、ぞくりとした。

翌日、大将が寺へ電話をかけると、

「あんたが、なんかに狙われとる気がしてな。それで急やったが、拝ませてもろた」

と住職はいった。

大将は、Sのことを話して、なにか関係があるのかと訊いた。

すると住職は、Sが夜の街を歩きまわっているあいだに、いろいろなものを拾ってくるのだろうといった。ゆうべの視線は、そうしたもののひとつらしかった。

後日、Sを呼んで話してみると、生まれ故郷の神戸にいたかったのを、強引に大阪へやられて、周囲に怨みを抱いていたといった。

「そういう悪い意識でうろうろしていると、妙なものが憑いてくるそうです」

とOさんはいった。

やがて大将は、Sの母親とも相談したうえで、神戸の支店へ彼を帰した。

それ以来、Sは元気になり、怪しいことは起きなくなったという。

洟

二十年ほど前、Eさんは広告代理店でデザイナーをしていた。

当時の取引先に、Dというプロダクションがあった。仕事は雑だが、料金が安いのと、まめに接待をするのが売りの会社だった。

社長は恰幅《かっぷく》のいい五十がらみの男で、やたらと愛想がいい。毎日のようにEさんの会社を訪ねてきては、揉《も》み手をせんばかりに営業をする。

しかし、ふとした拍子に顔を見ると、陰気な表情をしている。

「そういうときの顔が、なんか怖い感じでした」

Dには、Uという古株のデザイナーがひとりいるだけで、事務員もいなかった。

Uは二十代の後半くらいの男だったが、極端に無口で、必要なこと以外は喋らない。

持病でもあるのか、いつも鼻をぐすぐすいわせて、近寄ると膿《うみ》のような臭いがする。

社長がいうには、ひまさえあればアニメのキャラクターを描いているらしい。

べつに仕事ができれば問題ないが、デザインのセンスは皆無のうえにミスが多い。

Eさんたちが文句をいうと、社長は電話口でこれみよがしにUを叱る。

「このぼんくらが、もう辞めてまえッ」

すぐにでも首にしそうな剣幕だが、それ以上には発展しない。

もうじき新人を雇いますけ、と繰りかえすばかりである。まれに新人が入ったということもあるが、ほとんど顔も見ないうちに辞めてしまう。

そんな会社だから、まともな設備はない。Dの事務所があるのは廃墟のような雑居ビルで、当時とはいえ、パソコンはおろかワープロもなく、機材と呼べるのはコピー機とトレスコだけだった。トレスコというのは、正確にはトレーシングスコープといって、写真の引き伸ばしに用いる機械である。

なんの取柄もない会社で、いっそ取引先からはずせばいいようなものだが、Eさんの上司は裏でキックバックでも受けとっているらしく、Dを切ろうとしない。

Dの社長も敏感で、Eさんたちデザイナーに不満がつのっていると見るや、居酒屋だのスナックだのに連れだして、それなりの接待をする。

Eさんもあきらめて、Dにはミスが発生しにくい仕事ばかりをまわした。

「それはそれで面倒なんです。むこうができそうな仕事を、こっちが見つけてやらなきゃいけないいんですから」


数年後、Eさんの上司が会社を辞めた。表むきは円満退社だったが、実際は会社の金を遣いこんでいたのが露見したという噂だった。

上司が去ったあと、デザイナーでは年長だったEさんが後釜《あとがま》におさまった。とたんにDの社長が擦り寄ってきて、呑みに誘う。はじめのうちはつきあったが、露骨な接待酒は旨くない。さらに社長はそういう席で、かつての上司の悪口をいう。

「あれだけべったりくっついてたのに、ますます信用ならないと思いました」

Eさんは、Dとの取引を打ち切るつもりで、徐々に発注を減らしていった。

社長は当然のごとく泣きついてきたが、ミスが多いのを理由に取引を拒んだ。

すると社長は床に頭を擦りつけて、

「おたくに切られたら、女房子どもも首括《くく》るしかないですわ」

と声をつまらせる。

泣き落しで迫られて、ミスが減るなら検討するというしかなかった。

何日か経って、社長が晴れ晴れとした表情でやってきた。

「ぐだぐだいうてましたけど、叩きだしてやりましたわ」

Uを首にしたという。なにも辞めさせろとはいってないが、ミスを減らせと注文をつけた手前、こちらが口をはさむ筋合いでもない。

社長は、近日中に腕のいいデザイナーが入ると胸を張った。

たいして期待はしていなかったが、新しいデザイナーは腕がいいようで、社長が持ってくるデザイン案や版下は見ちがえるようによくなった。

Eさんは約束どおり、Dとの取引を再開した。

しかしある日、Eさん側の手ちがいで、Dに発注した仕事に重大なミスが発生した。朝までに原稿を訂正しないと印刷にまにあわない。一刻を争う状況だが、Dにまかせるのは不安だし、原稿を回収している余裕もない。

Eさんは、みずから作業をすることにして、Dの事務所へいった。

だが事務所に着いてみると、社長がひとりいるだけで、デザイナーの姿がない。もう夜の十一時をすぎていたが、デザインの仕事はこれからが本番である。ましてやクライアントがくるというのに、先に帰すはずがない。

わけを訊くと、社長は気まずそうに頭を掻いた。

新しいデザイナーを雇うには雇ったものの、すぐに辞めたので、知りあいのデザイナーに外注しているという。

はじめから新人など雇わず、外注していたのにちがいない。Eさんはぴんときたが、それどころではなかった。デスクを借りて、原稿の訂正にかかった。

社長はコーヒーをいれたり、頼みもしない弁当を買ってきたりと世話を焼いていたが、べつのクライアントから電話が入って、事務所をでていった。

「床がデザインボンドでべたべたして、ほんとに汚い事務所でした」

デザインボンドとは、簡単にいえばスプレー式の接着剤である。最近はDTP化が進んだせいで、ほとんど使われなくなったが、当時は版下制作に欠かせなかった。

一時間ほど経ったが、まだ社長はもどってこない。

Eさんがひとり作業を進めていると、

「ぐすぐす」

どこからか湿った音がした。

はじめは空耳かと思っていたが、しばらくしてまた、

「ぐすぐす」

と音がする。それは、どうやら事務所の奥にある暗室から聞こえてくる。

「――誰かおるんかな」

Eさんはひとりごちて、デスクを離れた。

恐る恐る暗室のドアを開けて、照明のスイッチを入れた。

暗室電球が、せまい室内を赤く照らしている。しかし誰もいない。

不審に思いつつ踵をかえした瞬間、

「ぐすぐす」

と背後で音がした。

Eさんは即座に暗室のドアを開けたが、今度も変わったところはない。

ただ、現像液の酸っぱい臭いに混じって、ぷうん、と膿のような臭いがした。

とたんに、ぞっとした。

「あいつの臭いだって思いました。よく考えたら、ぐずぐずいう音も、あいつが洟《はな》を

啜《すす》るときの音なんです」

あいつとは、いうまでもなく、最近首になったUである。

けれども彼がここにいるはずがない。わけのわからないままに怖くなった。

Eさんは逃げだしたくなるのをこらえて、デスクにむかった。本来なら暗室に入るべき作業もあったが、コピーでごまかした。


作業が終わった頃に、ようやく社長が帰ってきた。

Eさんは、ほっとしながら、さっきの出来事を告げた。すると社長は、

「ああ、あれでっか」

と言下にいった。

「暗室の水道がいかれとるんですわ。それで変な音がしよるんです」

Eさんは一応うなずいたが、納得したわけではなかった。

たしかに暗室のなかには、写真を洗うためのちいさな流しがある。だが、さっき暗室を覗いたときは、流しは当分使っていない様子で乾ききっていた。

もし社長のいうとおりだとしても、膿のような臭いの説明がつかない。けれども、

それ以上、なにかいうのもためらわれた。

それとなくUの消息を訊くと、社長はある印刷会社の名前をあげて、そこに勤めているといった。

一年ほど経って、その印刷会社と仕事をする機会があった。打ちあわせの際に、それとなくUさんのことを訊くと、そんな社員はいないという。

「Dとはまだ取引してましたが、社長にはもう訊きませんでした」


数年後、Eさんは一般企業の広告部に転職した。

何か月かして、もとの勤務先がDとの取引を打ち切ったと耳にした。

それからDの社長がどうなったのかは知らないという。

同様にUの行方もわからない。

遺影

焼鳥屋を経営していたMさんの話である。
十年ほど前に、彼女の祖母が口腔癌《こうくう》で亡くなった。
葬儀が終わってまもなく、Mさんは遺影が飾られた祭壇の掃除をしていた。
遺影は祖母が元気な頃に撮ったもので、表情は明るく顔色もいい。
しかし掃除の途中で、下から遺影を見あげた瞬間、Mさんはぎょっとした。
なぜか遺影の顔が変わっている。
晩年、祖母は口腔癌の手術で、左の頬から顎にかけてを切除した。
「そのときの顔になっとるんよ。こう肉がえぐれて——」
Mさんは驚いて、正面から遺影を見た。すると、もとのおだやかな顔である。
眼の錯覚だったのかと思いつつ、ふたたび下から遺影を見あげた。

とたんに、また手術痕《こん》が残る顔になった。

Mさんは怖くなったが、誰にもいわなかった。

自分だけがそう見えるのかとも思った。

何日か経っても、おなじ現象は続いた。正面や横から見た場合はふつうだが、下から見ると遺影の顔が変わる。

「おばあちゃんが、なんかいいたいんやないかと思ってねえ」

Mさんは悩んだが、思いあたるふしはない。

遺影にむかって、熱心に祈りを捧げるしかなかった。


葬儀から二週間が経った頃、不意に遺影は正常にもどった。

どの角度から見ても、祖母の顔に変化はない。Mさんは、ほっと胸を撫でおろした。

後日、食事の席で祖母の話題になった。

そのときにMさんは、遺影の件を口にした。

「まあ、あたしの思いちがいやろうけど、っていったら――」

Mさんの母が、自分もずっと気になっていたといいだした。

母もMさんが見たのとまったくおなじで、遺影を下から見たときに限って、晩年の顔になったという。

ライフセーバー

美容師のYさんの話である。

七年ほど前の夏、彼は休暇をとって、沖縄のある島へ遊びにいった。

その島には、ライフセーバーをしているAさんという友人がいる。彼の案内で観光をするのが目的だった。

島の自然や料理を堪能して、何日かがすぎた頃、ふたりは近くの海へ漁にでかけた。漁といっても、アワビやサザエを素潜りでとってくるだけの単純な方法である。

漁師に見つかると問題になるが、営利目的ではないし、自分たちで食べるくらいなら大丈夫だろう、とAさんはいった。

けれども装備は貧弱で、シュノーケルと足ひれがひとりぶんしかない。

どちらか一方ずつということになって、Yさんが足ひれを、Aさんはシュノーケルをつけて、海に潜った。

よく晴れた午後のことで、海中の見通しもよく、ふたりの漁は好調だった。素潜りは不慣れなYさんでも、おもしろいように貝がとれる。

夢中になって漁を続けていると、いつのまにか空が曇って、風がでてきた。

「もう充分だよ。ぼちぼち帰ろう」

とAさんがいって、ふたりは島へむかって泳ぎはじめた。

かなり沖まででていたのと、貝を詰めこんだ袋が重いのとで、岸まで着くにはしばらく時間がかかる。

そのうち天気はますます荒れ模様になって、波が高くなってきた。

「やばいぞ。もう貝は捨てて、急いだほうがいい」

Aさんが青い顔で叫んだ。

ライフセーバーだけに、Aさんは海を熟知している。その彼が顔色を変えるほどだから、相当に危険な状況だと感じた。

Yさんは仕方なく貝を捨てると、全力で島を目指した。

ところが潮の流れが速くて、思うように進まない。何度も高波をかぶって、海中にひきずりこまれそうになる。

前を泳ぐAさんの頭が、波間に見え隠れしながら遠のいていく。

「待ってくれッ」

海水を呑むのもかまわず叫んだが、その声は波風の音にかき消された。なんとかAさんに追いつこうと、必死で泳いだ。

しかし、ふたたび顔をあげたときには、Aさんの姿は見えなくなっていた。

風は凪《な》いできたが、空は厚い雲に覆われたまま、一段と暗くなった。

夕暮れが近づいているのかと思うと、ぞっとした。いまだに島影すら見えないのに、夜になったら完全に方角がわからない。

Yさんは恐怖におののきながら、ひたすら泳ぎ続けた。


一方、Aさんは、とっくに島へたどり着いていた。

泳いでいる途中でYさんを見失って、あたりを捜しまわったが、どうしても見つからない。島にあがると同時に、海上保安庁に連絡して、彼の救助を求めた。

ライフセーバーの仲間たちも心配して駆けつけてきたが、すでに陽は沈んで、くろぐろとした闇が海面を覆っている。

海上保安庁はヘリコプターと船を出動させて、空と海から捜索を続けている。しかし完全に夜になれば、もう捜索は困難である。

「もし、このまま見つからなかったら——」

最悪の事態を想像すると、Aさんは卒倒しそうになった。

「あいつの家族に、なんといえばいいんや」

Yさんを漁へ誘いだしたのは、自分である。

しかも自分はライフセーバーである。人命を救う立場の者が、友人を見殺しにして、自分だけ助かったなどといえるはずがない。

Aさんは祈るような気持で、海辺に佇んでいた。

だが夜になって、海上保安庁は捜索を打ち切った。

船ならともかく、泳ぎでの遭難となると、捜索の範囲は絞られてくる。それとおぼしい海域はくまなく捜したが、Yさんの姿は発見できなかったという。

「あしたも引き続き捜索しますが、結果は覚悟してください」

早く家族へ連絡するようにといわれて、頭が真っ白になった。

救助隊が撤収したあとも、Aさんとライフセーバーの仲間は海辺に残っていた。

真っ暗な海を見つめていると、地の底に沈みこむような絶望感が襲ってくる。

Yさんの家族へ早く電話しなければと思うが、その場を動く決心がつかない。

あとすこし待っていれば、Yさんがもどってくるかもしれない。

そう自分にいい聞かせながら、何時間かが経った。だが、そんな奇跡が起こるはずがないことは、ライフセーバーの自分がいちばんよく知っている。

「気持はわかるけど、もう――」

仲間に肩を叩かれて、Aさんは、がくりとうなずいた。

Yさんの家族に電話しようと歩きだしたとき、ざばッ、と大きな水音がした。

そこへ眼をむけた瞬間、Aさんは絶句した。

すっぱだかの男が、海坊主のように波間からあがってきた。

化けものでもでたのか。

全員が呆然とするなかを、男はよたよたと砂浜を歩いてくる。それがYさんだとわかった瞬間、うわッ、と歓声があがった。

Aさんは涙を流しながら、友人のもとに駆け寄った。

Yさんはただちに病院へ運ばれたが、検査の結果、軀はまったく正常だった。

長時間、波に揉まれていたのに怪我ひとつないのも不思議だったが、Yさんは泳いでいるあいだに水着はおろか、足ひれも両方なくしている。

そんな状況で、島までたどり着いたのも不思議だった。しかもそこは、ちょうどAさんたちがいた場所でもある。

Yさんは、さらに不思議なことを語った。

あたりが暗くなった頃、Yさんはどことも知れぬ沖合を漂っていた。

すでに方向感覚は失われて、どちらへ泳いだらいいかさえわからない。波こそおだやかになったものの、もう体力も限界にきていた。

「――ああ、このまま死ぬんだなあ」

と、ぼんやり考えているうちに意識が遠くなった。

ふと、われにかえると、まだ波間を漂っていた。

意識を失っているあいだに溺れていないのが奇妙だったが、あいかわらず島が見えるわけでもなく、死ぬのは時間の問題と思われた。

しだいに軀の力が抜けて、顔が海に沈む。海水に噎《む》せては、あわてて顔をあげるが、その間隔が長くなっていく。

次か、その次あたりで、もう助からない。そう思ったとき、

「光のほうへいきなさい」

と女の声がした。驚いてあたりを見まわしたが、どこにも女などいない。

ただ、海のかなたに、ぼうっと青白い光が浮かんでいる。

幻聴かとも思ったが、とりあえず光のほうへ泳いでみる気になった。Yさんは最後の力を振り絞って泳ぎはじめた。

しかし光は思ったより遠くて、いつまで経っても近くならない。そもそも、あの光が島のある方向とも限らない。

Yさんは疲れきって、泳ぐのをあきらめた。とたんに、

「光のほうへいきなさい」

また女の声がした。

今度は、前よりもはっきりと聞こえた。それは、海のなかから聞こえてくる。

Yさんは、ふたたび光を目指して泳ぎだした。

それからも何度となく力尽きたが、そのたびに女の声がして、われにかえった。

ようやく光のそばまできたと思ったら、そこは砂浜だったという。

だが海辺にいたAさんたちのなかで、そんな青白い光を見た者はいなかった。

島の住民によれば、その海には、昔から女の神様がいるという。

足摺岬

ブティックを経営しているOさんの話である。

五年ほど前、彼は父の実家がある高知県へ家族で旅行にいった。

足摺岬《あしずりみさき》には、父のいとこが建てたというジョン万次郎の銅像がある。それを見にいこうと、Oさんたちは足摺岬を訪れた。

その日は、朝から雨の降る憂鬱な天気だった。

銅像の前で記念写真を撮ったあと、断崖のほうへ歩いていくと、急に寒気がした。風邪でもひいたのかとOさんは思った。

断崖へむかう道のまわりには、あちこちに落書があった。

「看板やったか木やったかおぼえてないけど、遺書みたいなことを書いとるんよ」

さようなら、とか、これから死にます、といった文字を眼にして、足摺岬が自殺の名所だったことを思いだした。

不気味に思いながら歩いていくと、意識がぼんやりしてきた。

「なんか自分で歩いてないみたいな、変な感じやったね」

ぽつりと断崖に佇んでいる父を見て、娘さんが駆け寄ってきた。

「おとうさん、なにをしよるん」

と声をかけられて、われにかえった。

いつのまにか家族とはぐれて、ひとりになっていた。断崖にある柵にも自殺者のものらしい落書がある。それを喰い入るように見つめていた。

夜になって旅館に帰ると、Oさんは高熱をだした。

軀がだるくて悪寒がする。夕食にも手をつけずに、九時頃には布団に入った。

だが翌朝には、不思議なくらいあっさりと熱はひいていた。

たいした話やないけどね、と取材のあとで、Oさんはいった。

しかしその際、同席していた家族にむかって、

「そういえば、あれはすごかったのう」

と足摺岬で見たものを口にした。

断崖の下には、大きな岩がいくつも海面に突きでている。

その岩の上に、たくさんのひとびとがいた。

若者もいれば老人や子どももまでいる。釣りでもしているのかと思ったが、当日は荒れ模様の天気だし、潮の流れも速い。

「船で送り迎えをしとるんやろうけど、あんなところに子どもがおったら危ないよなあ」

Oさんがいうと、奥さんと娘さんは首をかしげて、たしかに岩はあったが、そんなひとたちはいなかったといった。

Oさんはむきになって、絶対にいたと主張した。

話は平行線をたどったまま、どちらが真実かはわからない。

過去のある家

どんな商売をやってもうまくいかない土地が、私の地元にある。

「あそこは、なんをやっても潰れるんよ」

と母から聞いたのが四十年ほど前で、それから注目しているが、なるほどひとつとして長続きしたものがない。

ほとんどの店は屋号をおぼえるひまもなく潰れ、唯一繁盛しかけた店は火災で消失した。けれども儲かりそうな立地だから、何度潰れても次の借り手があらわれる。

二十年くらい前に、外食産業の会社がその土地にビルを建てて、大型のレストランをはじめた。外装だけでも相当に金がかかっていたが、開店当初から客が入らぬまま店を畳んだ。

しかし新品のビルだけに、すぐに買手がついた。新しい所有者は地場大手の住宅会社で、そのビルに本社を移した。

それまでの商売とは規模がちがうから、今度は大丈夫かと思った。

ところが一年と経たぬうちに、件の住宅会社が倒産という見出しが新聞に躍った。

最後の借り手はカラオケボックスだったが、これもたちまち潰れて、以降は空きビルになっている。

偶然もこうまで続くと、いかにもいわくありげだが、怪しいものがでたとか、かつては処刑場だったとかいう噂も聞かない。要するに超自然的なことは起きていないわけで、こうした話を怪談に加えるのは強引かもしれない。

けれども個人的には、偶然もたび重なれば、怪異に近づいていくような気がする。

次の話もそういう意図から収録してみた。


主婦のAさんから聞いた話である。

Aさんの実家の近くに、築何十年ともしれない古い家がある。

特定を避けるために詳細は省くが、かなり変わった構造であるらしい。ひとつの敷地に二軒の家がならんでいるが、玄関は三つある。つまり一方の家は二世帯が住める作りになっている。どちらもかなり大きな家だが、そのわりに窓がすくなく、なかの様子はほとんど窺えない。

どのような意図でそんな建てかたをしたのか、最初の住人がどんな人物だったのかもわからない。長い年月のあいだに、家の持主は何人か替わっているようだった。

Aさんが物心ついたときには、玄関がひとつの家に家主が住んで、もうひとつの家、すなわち玄関がふたつあるほうを貸家にしていた。

その貸家のひと間を、あるとき近所の女性が借りた。彼女は裕福で、べつに住まいがあるにもかかわらず、そこを別宅のようにして、ちょくちょく通ってくる。

あとでわかったところでは、女性には夫のほかに男がいた。

男は独身の会社員で、会社の寮に住んでいた。どうやら、その男と逢引《あいびき》をするために家を借りたらしい。

ふたりの関係は、やがて近所の知るところとなったが、当の女性ははた目を気にする様子もなく、足しげく逢瀬《おうせ》に通っていた。

ところが女性は突然、その家で首を括った。

男と不仲になったのではないかと周囲は噂したが、ほんとうの理由はわからない。

ほどなく相手の男は転勤を理由に、どこかへ引越していった。

事件は終息したものの、困ったのは家主である。

首吊りがあった家では借り手はないし、自分も居心地が悪い。二軒とも売ることにしたが、むろん近所に買手はいない。

家主は周辺の町まで足を伸ばして、出物があると吹聴した。その甲斐あって、まったく事情を知らない人物に、二軒の家を売りつけるのに成功した。


その家を買ったのは、老舗《しにせ》の料理屋を営むCさんという男性だった。Cさんは奥さんと、高校生の息子、中学生の娘の四人で新居に移り住んだ。

前の家主とおなじように一軒を貸家にすれば、家賃が入ると考えたまではよかったが、一家はなにが気にいったのか、首吊りがあった家で暮らしはじめた。

あるいは年頃の子どもに配慮して、部屋が分かれているほうを選んだのかもしれない。しかしそんな配慮は無用で、貸家にした一軒は、まるで借り手がなかった。

そのへんで、近所の者から家の過去を知らされていた可能性もあるが、仮にそうだったとしても、持ち家では身動きがとれなかっただろう。

その家で暮らしはじめてから、奥さんの様子がおかしくなった。貞淑な性格で身なりも地味だったのが、急にぞんざいな口を利きはじめ、化粧も服装も別人のごとく派手になった。そのうち夫の眼を盗んでは、見境もなく男と関係を持ちだして、夫婦仲は一気に悪化した。

妻の素行に悩んだせいか、Cさんは体調を崩して入院した。しかし快方にむかうどころか、精神に異常をきたし、病室の窓から飛びおりて、みずから命を絶った。夫の死後、奥さんの浮気はなりをひそめたかにみえた。が、それは表むきの話で、あいかわらず陰では複数の男と関係を続けていた。

Cさんが経営していた料理屋は、大学をでたばかりの長男に引き継がれた。彼は店舗を改装して商売を近代化し、傾きかけた家業を支えた。

やがて長男は結婚して、女の子が生まれた。

一家にようやく明るいきざしが見えたと思いきや、女の子は脳に深刻な障害を抱えていた。

その子が一歳の誕生日を迎えたとき、長男は自宅で原因不明の突然死を遂げた。彼の妻はそのとき、ふたり目の子どもを身ごもっていたが、精神を病んで入院した。

長女はすでに結婚して、べつの場所に住んでいた。彼女は兄と反対に立て続けに流産して、子どもに恵まれない。病院で検査をしても、原因ははっきりしなかった。

その頃には、母親の男出入りもさすがに絶えていた。かわりに夜な夜な大声をあげて騒いだり、早朝から近所を徘徊する。他人の家へ勝手に入ってきては、内輪《うちわ》の問題を吹聴するから、付近の住人は閉口したという。

そうした奇行がしばらく続いたが、不意に彼女は姿を消した。

同時に一家の消息も途絶えて、娘や孫がどうなったのかはわからない。

ただ家だけは、当時のままに残っている。

廃屋の女

デザイナーのSさんの知人にYさんという女性がいる。

Yさんは小学校低学年の頃、首吊りを見たという。

夏休みに、家の近くの公園へ遊びにいく途中、大きな木に女がぶらさがっていた。うしろ姿しか見えなかったが、腰から下は、おびただしい排泄物にまみれて、あたりには猛烈な悪臭が漂っていた。

呆然として遺体を眺めていると、顔見知りの主婦が飛んできて、

「警察がくる前に帰りなさい」

Yさんは第一発見者だったが、幼い子が警察からあれこれ訊かれるのは忍びない、というようなことを主婦はいった。彼女に勧められるまま、Yさんは家に帰った。

首吊りは汚い、という印象が強く残った。

何日か経って、首吊りを見た衝撃も薄れてきた。

Yさんは、また近所の公園へ遊びにいく気になった。公園にむかって歩いていると、首吊りを見た木のそばにさしかかった。

その木の手前には、ぼろぼろに朽ちた木造の平屋があった。

かなり前から無人の廃屋で、玄関の戸はなく、室内が見渡せる。

真夏の午後とあって、外は眼がくらむほど明るいが、廃屋のなかは夜のように暗かった。なにげなく眼をやると、畳もない床板の上に、女が横坐りに坐っていた。

女はこちらに背をむけて、長い髪をとかしていた。

その前には、埃で曇った姿見がある。

「——この家に、ひとが住んでいたっけ」

Yさんは眼をしばたたいた。

やがて女は視線に気づいたように、ゆっくりと振りかえった。

気がつくと、自分の家で泣きじゃくっていた。

家族は心配して、なにがあったのかと訊いたが、Yさんは黙っていた。きょう見たものについては、絶対に喋ってはいけないような気がした。

大人になってから、ようやくひとに話す余裕ができたが、なぜか女が振りかえる寸前までしか記憶がない。

「もし顔を見ていたら、どうなっていたんだろう」

それを考えると、いまでも鳥肌が立つという。

さようなら

百貨店に勤めるKさんが大学生の頃の話である。

当時、彼が住んでいたアパートの近くに酒屋を兼ねた雑貨屋があった。コンビニではないが、品揃えは似たようなもので、食品から家庭用品、漫画本に雑誌、ちょっとした文房具まであつかっている。

中年の夫婦がオーナーで、交代でレジに立っていたが、ときおり高校生くらいの娘が店番をすることもある。

「結構かわいい子で、よっぽど声をかけようかと思いました」

付近にコンビニがないのと、そんな下心もあって、Kさんは毎日のようにその店へ通った。店はいつも繁盛していて、夫婦も愛想がよかった。

だがKさんが大学二年のとき、その店のそばに大手チェーンのコンビニができた。

とたんに、がくりと客足が減った。夫婦の店も危機感をおぼえたようで、あれこれ品揃えを増やしたり、まめにディスプレイを変えたりした。

けれども大手の洗練された営業戦略に、個人商店が対抗するには限界がある。流行に敏感な若い客は一気にコンビニへ流れた。

Kさんもコンビニで買物する機会が増えたが、夫婦の店にも顔をだした。

「娘が気になったのもありますけど、ぼくが好きな競馬新聞を置いてるのは、そこしかなかったんで」

夫婦の店の強みは、ライバル店には酒がないことだった。売上げは減ったものの、もとは酒屋だから、酒さえ売れれば、とりあえず経営に支障はなさそうだった。

しかし悪いことは重なるもので、コンビニができてまもなく、近所に酒の量販店がオープンした。それが決定打で、夫婦の店は閑古鳥《かんこどり》が鳴くようになった。

Kさんはあいかわらず競馬新聞を買いに寄るが、古いつきあいらしい年寄りをたまに見るだけで、ほとんど客はいない。

店がひまなせいか、娘は店番をしなくなった。夫婦の表情も眼に見えて暗くなり、客への対応もぼんやりしてきた。

そのうち食品の棚に、ちらほら空きがではじめた。缶詰や調味料には、うっすらと埃が積っている。

あるときKさんは、競馬新聞と一緒におにぎりを買ったが、とっくに賞味期限が切れていた。その頃から子どもむけの雑誌が消えて、成人雑誌が増えてきた。

「とてもコンビニじゃあつかえないようなやつです。今度はそっちの需要もできたんですが――」

いつのまにか店番は亭主だけで、女房の姿も見なくなった。

コンビニとちがって営業は十二時までだから、ひとりでも足りるのかもしれないが、亭主の顔は別人のようにやつれている。

Kさんがなにか買っても、口のなかでもごもごいうだけで、なにをいっているのか聞きとれない。

「前はちゃんと、ありがとうございましたっていってたんですが、人間、自信がなくなると、ああなるんですね」

掃除をさぼっているらしく、店内の照明はめっきり暗くなった。空気も湿っぽくて、幽かに饐《す》えた臭いがする。

潰れるのは時間の問題だと思ったが、そんな状態でも店は営業を続けた。

ある夜、Kさんが競馬新聞を買いにいくと、珍しく客がいた。

客は中年の男女で、喪服のような黒い上下を着ている。ふたりはレジのそばに立って、ひそひそと喋っている。

なんとなく違和感をおぼえたが、特に気にするほどでもない。

勘定をすませて、店をでようとしたとき、

「さようなら——」

と背後で男の声がした。

それが亭主の声だったのか、客の声だったのかはわからなかった。

「なんとなく、ぞっとしたんです。それでうしろも見ないで帰りました」

翌日から、店のシャッターは閉まったままになった。

その店の亭主が自殺したことを知ったのは、卒業を間近にひかえた頃だった。

「あのとき、さようならっていったのは誰だったのか、いまでも気になるんです」

とKさんは肩をすくめた。

百物語

マッサージ店を経営するOさんの話である。

彼は中学生の頃、修学旅行で京都へいった。

その際にどういういきさつからか、ある大きな寺に一泊することになった。

ホテルや旅館とちがって、寺の夜はテレビもなく退屈である。生徒たちがひまを持て余しているのを見て、担任の若い教師が百物語をしようといいだした。

教師は、本堂の座敷に生徒たちを集めると、百物語のいわれを語った。そのあと順番に怖い話をすることになった。

もちろん細かな作法などおかまいなしだが、中学生のことだから、そうそう怪談など知る者はいない。どこかで聞いたような話ばかりが続く。

しかし凡庸な話でも数をなしてくると、それなりに怖い。

しだいに、みなが神妙な面持ちに変わってきた。
怖くて便所にいけないという声もではじめて、
「そろそろ、お開きにしようか」
と教師がいった。
次の瞬間、なにかを蹴倒すような烈しい音がして、あたりの襖《ふすま》がいっせいに倒れた。
Oさんたちは、驚きのあまり悲鳴もでなかった。
教師も顔色を失って、呆然としている。
やがて騒ぎを聞きつけた住職が、座敷に駆けこんできた。
住職は、生徒たちが百物語をしていたと知ると、
「うちの寺で、そんなことをするからやッ」
血相を変えて怒鳴ったという。

電話

地元で喫茶店を経営するYさんの話である。

四十年ほど前、Yさんの父（仮にAさんと呼ぶ）は、ある大手企業の労働組合で幹部を務めていた。

その頃、Bさんという若手社員が組合の新戦力として、Aさんの下に配属された。いまとちがって、労働組合が力を持っていた時代である。Bさんのように組合活動に熱をあげる若者も多かった。

Bさんは極めて優秀で、頭も切れるし、義理人情にも篤《あつ》い。組合の闘士として名高いAさんを慕って、どこへいくにも子分よろしくあとをついてくる。

Aさんも、実の弟のようにBさんをかわいがった。けれども彼の資質を知るにつれて、惜しいという気持が強くなった。

このまま組合活動を続けていれば、絶対に出世はできない。年功序列による昇進だけで、せいぜいが組合の幹部として定年を迎えるのは眼に見えていた。Bさんのような人物は、もっと大きなところで、会社のことを考えるべきだとAさんは判断した。

それからAさんは、やっきになってBさんにつらくあたった。

先輩の豹変に驚いて、自分に落ち度があったら許してください、とBさんは何度となく懇願した。しかしAさんはそれを無視して、いっそう冷淡な態度をとり続けた。

さらに、ささいなミスを咎めて、とうとうBさんを組合から追いだした。

Bさんは組合に残ろうと必死で画策したが、Aさんの権限は強大で、若い一社員に抗《あらが》うすべはなかった。

あれほど慕っていた先輩の仕打ちに、Bさんは深い怨みを抱いた。同時に組合活動への情熱も失せた。そのぶん本来の仕事に精をだして、順調に出世した。

Aさんの真意がわかったのは、自分がひとを使う立場になったときだった。

Bさんは、おのが不明を恥じて、Aさんに詫びた。

Aさんは困ったように苦笑するだけだったが、それを機に交流は復活して、ときおり赤提灯《ちょうちん》で酒を酌《く》みかわすこともあった。

やがてAさんは定年を迎え、会社を去った。

その頃、Bさんは重役の地位へのぼりつめ、多忙な日々をすごしていた。

Aさんと逢う余裕もないままに、歳月がすぎた。

ある日、珍しくAさんから会社へ電話がかかってきた。

「——どうしてる。元気か」

「おかげさまで、がんばってます」

おたがい近況を語る程度の他愛ない会話だったが、ひさしぶりに先輩と話したことで胸が弾んだ。

ところが翌日になって、Bさんは愕然《がくぜん》とした。

けさ早く、Aさんが入院先の病院で亡くなったという。

突然の訃報に、信じられない思いだった。

きのうの電話では、ひとことも入院しているなどとはいわなかった。恐らく見舞いにこさせるのを気遣って、黙っていたのだろう。

最後までそうした配慮を忘れないAさんの人柄に、目頭が熱くなった。


「このあいだお話したときは、お元気そうだったのに――」

通夜の席で、Aさんから亡くなる前日に電話をもらったというと、家族は首をかしげた。


Aさんはしばらく前から昏睡状態で、とても電話などできなかったという。Bさんは驚いて、まちがいなく電話はあったし、会話の内容もおぼえていると主張した。

しかし家族は、このところずっとAさんに付き添っていたが、意識は一度ももどらなかったといった。

Bさんは、Aさんとの関係について詳細を語った。

これまでのいきさつを聞いて、家族はようやく納得したような表情になった。

「Bさんとおやじのあいだに、そんなことがあったなんて、全然知りませんでした。おやじは仕事のことを、家ではなんにもいわない男だったんで」

電話のことは、いまでも不思議ですね、とYさんはいった。

怪談と祖母

怪談というべきものを、はじめて聞いたのは祖母からだった。

祖母というのは母方の祖母で、小学校のなかばくらいまで、布団をならべて寝ていた記憶がある。みずから好んでいたふしもあるが、恐らくは私にせがまれたのだろう。

祖母はよく不思議な話や怖い話をしてくれた。

たとえば祖母が幼い頃には、河童《かっぱ》がいたという。

昼間は姿を見ないが、夜になると、近所の川岸に河童があがってくる。

「ぱちーん、ぱちーんて音がしてな。田螺《たにし》を割って食べよるんよ」

その音がしているあいだ、子どもたちは決して外にでない。河童に捕まると、尻の穴から生き肝を抜かれるからである。

飴屋《あめや》の幽霊の話も、祖母から実話として聞いた。

あるいは私が耳にした、最初の実話怪談かもしれない。有名な話だから、あらためて記すのも気がひけるが、未知の読者のために簡単にまとめておく。

ある夜、飴屋の主人は、表の戸を叩く音で眼を覚ました。
ずいぶん遅い時刻で、とうに店は閉めている。
いま時分に誰かと思いながら表を覗くと、
「——飴をください」
若い女が、かぼそい声でいう。美形だが、やつれた面貌《めんぼう》で髪も乱れている。
主人は不審に思いつつ、女に飴を売った。
翌日の夜も、おなじ時刻になると、女が飴を買いにきた。
近所の者ではなさそうだが、家はどこなのかと訊いても答えない。
ただ次の夜も、その次の夜も、女は飴を買いにくる。
主人は、女の素性が気になって仕方がない。
こっそりあとをつけてみようと決心した。

その夜も、いつものように女が飴を買いにきた。

主人はなに喰わぬ顔で飴を売ると、足を忍ばせて、女のあとを追った。

すると女は、町はずれにある寺の門をくぐった。

「さては寺の娘だったか」

と主人は思ったが、女は寺のなかには入らず、墓場にむかって歩いていく。

やがて女は、ある墓の前で足を止めた。

埋葬されて日が浅いらしく、盛り土が新しい。

「こんな夜更けに、お参りでもするのか」

首をかしげていると、女が墓に吸いこまれるように、すうッ、と消えてしまった。

主人が転がるように駆けだしたとき、

「おぎゃあ、おぎゃあ」

と、どこからか赤ん坊の泣き声がした。怖いのをこらえてあたりを窺うと、赤ん坊の泣き声は、さっき女が消えた墓のなかから聞こえてくる。

主人から事情を聞いた住職は、さっそく問題の墓を掘りかえした。

果たして棺桶のなかには、あの女の亡骸《なきがら》があった。

そのそばで赤ん坊が、飴を片手に泣き声をあげていた。

つまり死後に出産していたわけだが、その赤ん坊は、のちに徳の高い僧になったという。この飴屋の幽霊、もしくは飴買い幽霊の話は、全国に類似のものがある。

むろんそんな知識を得たのはずっと後年で、はじめて聞いたときは無性に怖かった。

次も類話がありそうだが、祖母から聞いた話である。


昔、祖母が住んでいた町内に、若い夫婦が住んでいる家があった。

ある日、その家の主婦が夕食の支度をしていると、不意に野良猫が入ってきた。と思うまもなく、猫はまな板の上に飛びあがって、買ってきたばかりの鯛《たい》に齧りついた。

「しいッ」

主婦は罵声をあげて猫を叩いたが、鯛に噛りついて離さない。

このままでは、せっかくのおかずが台なしである。

「この畜生めが――」

逆上した主婦は、ちょうど煮えくりかえっていた鍋の湯を、頭から猫に浴びせた。

ぎゃあッ、と猫はものすごい悲鳴をあげて、弾かれたように勝手口を飛びだした。

急いであとを追うと、猫は床下に逃げこんだ。

ずいぶん奥へ入ったようで、猫の姿は見えない。

しかしそこにいる証拠に、苦しげな唸り声が聞こえてくる。そのうちどこかへいくだろうと思ったが、夜になっても猫は床下を動かなかった。

「ぎゃあ、ぎゃあ」

と憎悪のこもったような声で、ひと晩じゅう唸っている。

夫婦はたまりかねて、床下をほうきでつついたり、石を投げこんだりしたが、猫はいっこうにでてこない。

それから何日か、胸が悪くなるような唸り声が続いた。

だが、その声も日増しに弱って、いつのまにか、ふっつり聞こえなくなった。あとで床下を捜してみると、胎児のように赤剥けになった猫の屍骸《しがい》がでてきたという。

それから何年か経って、夫婦に娘が産まれた。

娘はすくすくと成長して、町内でも評判の美人になった。しかし、どういうわけか外出を好まず、家にこもってばかりいる。年頃だというのに縁談の噂もない。

ある日、近所の者がなにかの用事で、その家を訪れた。

玄関で声をかけると、夫婦は留守らしく、娘があわてた様子で顔をだした。

とたんに近所の者は、あッ、と声をあげた。

娘の前髪が、顔を覆うほど垂れている。

どうしたのかと訊くと、ようやく娘は異変に気づいたようで取り乱している。

娘の髪は、かつらだった。

不意の来客にあわてて、かつらの前後を誤ったので、そのことが露見した。

娘は、生まれつき全身が無毛だったのである。

昔話にありがちな因果応報譚《たん》だが、これも実話という触れこみであった。

祖母から聞いた話はたくさんあるが、のちに読んだものと混同している部分もあって、すべてを思いだせないのが残念である。しかしそういう話はするくせに、自身の生い立ちについては、ほとんど語らなかった。

祖母は明治三十年に大分県で生まれている。生家は、青ノ洞門で名高い耶馬渓《やばけい》の寺らしいが、いまもって寺の名称も場所も不明である。というのも、祖母はいかなる理由からか、若くして生家を出奔している。

寺の娘なら、父親はさしずめ住職だろうが、これもどんな人物だったかわからない。

ただ、父親がらみの話で印象深いものがある。

幼い頃のある日、祖母は小刀で人形を作っていた。

ところが作業に熱中するあまり、左手の中指を切り落としてしまった。

指は皮一枚を残して掌《て》にぶらさがり、傷口から血が噴きだした。

まもなく異変に気づいた父親が飛んできた。

父親は切断された指をもとの場所に据えつけると、きつく包帯を巻いた。

そのあと父親はなにごとか経を唱えていたが、治療はそれだけで、医者に診せることもしなかった。

しかし指は、もとどおりにつながったという。

何度か祖母にせがんで、左手の中指を見せてもらったが、たしかに輪のような傷跡があったのをおぼえている。

祖母の前半生がいかなるものであったか、すでに古い血縁は絶えて、知る者はない。母に聞いた範囲では、全身に刺青《いれずみ》のある極道者と同棲したり、そこから夜逃げをして、べつの男と所帯を持ったりと、明治女には珍しく奔放な生活を送っている。

私の祖父と二度目の結婚をしたのは、そのあとである。

祖父も経歴のはっきりしない男で、生家に関する情報がほとんどない。明治十八年、長崎の生まれだが、わかっているのはそれくらいである。

唯一耳にしているのは、何代か前の先祖が贋金《にせがね》造りの達人だったが、冬山で雪に埋もれて死んだという、あまり自慢にならない話だけである。

しかし明治十八年の生まれといえば、いまから百二十二年前で、当然のことながら、江戸時代から十八年しか経っていない。試みに年表を見ると、太政官《だじょうかん》制が廃止され、初代内閣総理大臣に伊藤博文が就任した年である。そんな時代の人物が、私の祖父なのも妙な気がするが、事実だから仕方がない。

祖父は、青年期に弁護士の勉強をするために、さる素封家の養子になったという。弁護士になるのに、なぜ養子に入る必要があったのか、ここもわからない。

しかし祖父は、厳格な家風に耐えられなかったのか、弁護士をあきらめて、その家をでている。つまり養子でなくなったわけだが、なぜか祖父は旧姓にもどらず、生涯その家の姓を名乗っていた。

祖父は大正のはじめに結婚したが、一子をもうけたのちに離婚している。私の祖母と再婚したのは、大正の終わりである。


祖父母は、四人の子どもをもうけた。長男は夭逝《ようせい》したが、残りの三人は無事に育った。末っ子が私の母であるが、そのとき祖父はすでに五十なかばで、祖母も四十をすぎていた。その頃には珍しい高齢出産である。

祖父は再婚した頃には、これまたどういういきさつからか、事業で成功をおさめていた。祖母の話では、時の大臣に匹敵する収入があったという。

女中のほかに書生を抱え、上京したときは帝国ホテルが定宿だった。最盛期には、北九州と生まれ故郷の長崎に屋敷をかまえていたというから、その頃までは生家とのつながりはあったのだろう。

骨董の蒐集がなによりの趣味で、重文や国宝級のものも持っていたらしい。ひまさえあれば目利きの業者を連れて、骨董蒐集の旅にでかけていた。

風雅な趣味のわりに気性は烈しく、機嫌が悪いときは食卓をひっくりかえすこともしばしばだったと聞く。もっとも子煩悩なところもあったようで、子どもたちひとりひとりに旅先から手紙をだす。土地土地の風景などが描かれた、祖父の絵葉書を見たことがある。

そうした旅行の最中に、祖父は急死した。

亡くなったのは広島の旅館で、死因は脳溢血《のういっけつ》ということであった。旅行に同伴していた知人によれば、朝、靴下を履こうとしているときに突然倒れたという。

しかし奇妙なことに、一族が広島に駆けつけると、祖父は骨壺に納まっていた。死亡して何日も経ったわけでなく、家族がくる前に遺体を火葬するなど、いかに当時といえど不自然である。そのうえ所持していたはずの金や骨董も消えていた。

現地では、当然のようにひと悶着《もんちゃく》あったらしいが、なぜか事件というあつかいにはならず、結局は病死でおさまっている。

この件についても、祖母は多くを語らなかった。

けれども、あきらかに不審死であり、どんな説明を受けても納得できるはずがない。現場の状況が祖母の証言どおりなら、祖父が殺されたという疑惑は最後まで拭えなかっただろう。

祖父の死については、いくつか因縁めいた話がある。

祖母が小学校低学年というから、明治の頃である。

朝、学校へむかう途中で、道ばたの木に大きな梟《ふくろう》がとまっているのに気づいた。もう陽がのぼっているからか、梟は寝ている様子で目蓋を閉じている。

ふだんは見かけない鳥だけに珍しい。しげしげと眺めていると、

「なにがおるんや」

近所の悪童たちが、目ざとくやってきた。そのなかのひとりが、

「あれに石をぶつけてみい」

と祖母をそそのかした。

石など投げたくなかったが、悪童たちはわいわい囃《はや》したてる。いうことを聞かないと、あとがうるさい。

仕方なく、小石を拾って投げた。

投げてもどうせ当るはずがないと思ったが、石は見事に命中した。しかも不意討ち

を喰ったせいか、梟は逃げもしないで、地面に転げ落ちた。

びっくりして駆け寄ると、梟も驚いたように祖母を見つめている。

わあッ、と悪童たちが歓声をあげた。彼らは立ちすくむ祖母を押しのけて、梟をどこかへひきずっていった。

そのあと梟がどうなったのかはわからない。

しかし孫を相手に悔やむくらいだから、幼い祖母にとっては、かなり衝撃的な事件だったのだろう。


それから歳月は流れて、昭和の話である。

祖母はすでに祖父と所帯を持って、北九州の屋敷に住んでいた。

ある日、まだ三歳だった私の母と二階の部屋で遊んでいると、

「ほおーッ、ほおーッ」

と窓際で奇妙な声がした。

見れば、大きな梟が欄干にとまっている。

昔のこととはいえ、あたりは町中のうえに昼間である。とても梟があらわれるよう

な場所ではない。しかしそのときには深く考えもせず、捕まえて私の母に見せてやろうと思ったという。

祖母が近づいても、梟は怖じる気配がない。

「ほおーッ、ほおーッ」

と、あいかわらず鳴き続けている。

祖母はバケツを持ってきて、梟にかぶせようとした。

とたんに、ほおッ、と梟は嘲《あざけ》るように鳴くと、どこかへ飛び去っていった。

その頃になって、ふと幼い頃の記憶が蘇った。

「——あのときの梟がきた」

と祖母は思った。

祖父急死の知らせが届いたのは、その翌日だったという。

また、こんな話もある。

祖父は死の直前、いわくつきの仏像を買っていた。

古美術品としての価値は高いが、過去の所有者が立て続けに死んでいる。

そのせいで、死を招く仏像といわれていた。そんな代物に手をだすくらいだから、祖父は迷信のたぐいを信じていなかったのだろう。

仏像は大変重いものだったが、祖父が死んだ夜、ひとりでに倒れたそうである。

以下の話については、べつのところで活字になっている。だが祖父母のことを記したついでに、概略だけでも書いておきたい。

祖父が死んでまもなく、母は怖い夢を見た。

鬼になった祖父が、帰ってくるのである。その夢を見てから、母は原因不明の病に冒された。首筋に大きな腫れものができて治らない。

首という場所柄、手術もできず、医者は匙《さじ》を投げたが、祖母は藁《わら》にもすがる思いで、高名な祈祷師のもとを訪れた。

祈祷師は、母に憑いているのは祖父だといい、お祓いをした。

その最中に病巣から膿がほとばしり、母の病は快方へむかったという。

祖父の死後、祖母は遺産の売り食いだけで三人の子を育てた。どこかに就職するとか、自分で商売をはじめるという発想は、祖母にはなかった。

それまでの生活が生活だったし、気位が高いから、他人に頭をさげるのが耐えられない。だが、そこそこの資産家とはいえ、戦中戦後の混乱のなかでは、金銭の価値などたかが知れている。ましてや商才のない祖母の駆引きでは、なにを売るにも買い叩かれる。予想よりはるかに早く、窮乏したにちがいない。

祖母は金が尽きると、祖父が集めた骨董を二束三文で売りはらった。やがて屋敷を売り、家財道具を売り、しまいには仏壇まで売った。

母の兄が、学校の行き帰りに近所の古道具屋の前を通ると、最近まで家にあった巨大な仏壇が売られている。それを見るたびに、恐ろしくて軀がすくんだという。

その当時のことだと思うが、ある高名な作家が祖母のもとを訪れた。祖母の半生をモデルに小説を書きたいので、了解を得たいという用件だった。

祖母は一蹴したらしいが、そんな話が舞いこむくらいだから、周辺ではかなり目立った存在だったのだろう。

祖母が死んだのは、私が小学校五年のときだった。

癌で長期の入院を余儀なくされたが、明治女らしく愚痴もこぼさずに逝った。母によれば、祖母は死後もしばしば家に帰ってきたらしい。突然、白昼にあらわれて家のなかを歩きまわったり、いつのまにか枕元に坐っていたりする。あるときは、日頃の心掛けについて熱心に説いていったという。

最後までつくづく怪談じみた生涯だが、その孫が怪談をなかばなりわいにしているのも、やはり因縁というべきかもしれない。

あとがき

日頃から怪談ばかり書いている気がするけれども、ほとんどが小説だから、取材にもとづく怪談を集めたものは意外にすくない。

五年前に上梓した『怪を訊く日々』をのぞけば、怪談専門誌「幽」に、その続編を連載しているだけである。

実話と銘打った怪談にあまり手をつけないのは、取材の苦労もあるが、なによりも筆が進まないところが大きい。全体の枚数からすれば、一般の長篇小説よりはるかにすくないにもかかわらず、怪談は時間がかかる。

ただでさえ遅筆であるのに、今回もたびたび体調不良に見舞われて、作業を中断せざるを得なかった。体調不良の原因については、特に究明するつもりはない。ただ、集中して怪談を書けばそうなるのは学習ずみである。

しかし性懲《しょうこ》りもなく手をだしてしまうのが弱輩の愚かしさで、本書も締切を大幅に遅れ、塗炭の苦しみを味わった。苦しまぎれに、かつて小説化したものなども収録して帳尻をあわせた部分もあるが、なにとぞご寛恕《かんじょ》いただきたい。

最後に、取材に際して多大なご協力をいただいた、大舘《おおだて》良章さん、酒井浩志さん、大庭久弘さん、大野功二さん、中峯毅さん、二村真紀さん、大山一成さん、高山昌子さん、北野とも子さん、住本孝太さん、そのほかの皆様に厚く御礼申しあげる（本文中に使用したイニシャルとここに掲載した個人名は必ずしも一致しないことを、あらかじめご了承願いたい）。

また担当編集者である新潮社の青木大輔さんには、本書の制作において、ひとかたならぬご尽力をいただいた。ここに記して御礼申しあげる。

平成十九年初夏　福澤徹三

新装版あとがき

時が経つのは早いもので、本書の親本である新潮社版が刊行されたのは十二年前である。新潮社版は刊行からまもなく増刷がかかったが、それなりけりだったので新装版として復活したのはうれしい。

本書は書きおろしの二篇をのぞいて、ほとんど手を加えていない。読みかえすとあちこち文章が気になるが、驚くべきことにこれを書いているのは二月十一日でもはや改稿する余裕がなく、不備な点はなにとぞご寛恕願う。

本書が刊行された十二年前は、いまも活躍する怪談実話の書き手が続々とあらわれていた。怪談実話ブームといわれた当時にくらべると、現在はいささかピークをすぎた感があるが、それは書籍の問題で怪異が減少したわけではない。

怪談実話で超自然的な現象の有無を問うのは野暮である。けれども個人的な感想を